सविता पाठक

सविता पाठक का जन्म 2 अगस्त, 1976 को जौनपुर, उत्तर प्रदेश के एक गाँव अगरौरा में हुआ। प्रारम्भिक शिक्षा जौनपुर में ही। आगे की पढ़ाई इलाहाबाद, कानपुर और सहारनपुर आदि शहरों में हुई। वी.एस. नायपाल के साहित्य पर (A Search of his roots and Identity : A study of V.S. Naipaul's Characters) पी-एच.डी. किया।

उनका एक कहानी-संग्रह 'हिस्टीरिया' प्रकाशित है। 'कौन से देस उतरने का' उनका पहला उपन्यास है। उन्होंने डॉ. आम्बेडकर की आत्मकथा 'वेटिंग फॉर वीजा' का अनुवाद किया है। 'भगवान बिरसा और उनका उलगुलान' पुस्तक का डॉ. राम दयाल मुंडा जनजातीय कल्याण शोध संस्थान, झारखंड के लिए अनुवाद किया है। क्रिस्टीना रोसोटी की कविताओं के अलावा कई लातिन अमरीकी कविताओं का भी अंग्रेजी से अनुवाद। वे 'पाखी' पत्रिका के सालाना 'अनुवाद-पुरस्कार' से सम्मानित हैं। फिलहाल दिल्ली विश्वविद्यालय के दीनदयाल उपाध्याय कॉलेज में अंग्रेजी-साहित्य का अध्यापन करती हैं।

ई-मेल : drsavita.iitm@gmail.com

कौन से देस उतरने का

सविता पाठक

लोकभारती पेपरबैक्स

लोकभारती पेपरबैक्स में
पहला संस्करण : 2025

लोकभारती पेपरबैक्स : उत्कृष्ट साहित्य के जनसुलभ संस्करण

लोकभारती प्रकाशन
पहली मंजिल, दरबारी बिल्डिंग, महात्मा गांधी मार्ग
प्रयागराज-211 001
द्वारा प्रकाशित

शाखाएँ : 1-बी, नेताजी सुभाष मार्ग, दरियागंज, नई दिल्ली-110 002
अशोक राजपथ, साइंस कॉलेज के सामने, पटना-800 006
1, अनमोल सोराबजी सन्तुक लेन, धोबी तलाव, मरीन लाइंस, मुम्बई-400 002

वेबसाइट : www.lokbhartiprakashan.com
ई-मेल : info@lokbhartiprakashan.com

विकास कम्प्यूटर एंड प्रिंटर्स
ट्रॉनिका सिटी-201 102
द्वारा मुद्रित

मूल्य : ₹299

KAUN SE DES UTARNE KA
Novel by Savita Pathak

ISBN : 978-93-49180-65-9

दादी अनारकली देवी
नानी श्यामा देवी
और उन सबको
जिनका मेरी स्मृतियों में स्थायी पता है।

एक

एक कोल्हू था। वह बरसों से एक जगह पड़ा (गड़ा) हुआ था। उससे अब लोगों का शायद ही वास्ता पड़ता हो। वह बिलकुल अकेले रहता था। उसी की तरह गाँव में एक लड़का था, उससे भी लोगों का कम ही वास्ता पड़ता था। एक की उमर सौ बरस से ज्यादा थी तो दूसरा एक दहाई की उमर का था। लड़के और कोल्हू की खूब छनती थी। पत्थर के कोल्हू पर उभरा पेड़, उड़ती चिड़िया, केले का खम्भा और नाचते-गाते औरत-मर्द, सब असली में बदल जाते थे। लड़का और पत्थर पर सजी दुनिया आपस में बहुत सारी बातें करते थे।

मुझे पता है कि आप इस फंतासी में यकीन नहीं करेंगे लेकिन आपको करना होगा। ये पूरी बात समझने के लिए आपको पूरी कहानी सुननी पड़ेगी, तभी आपको कुछ यकीन हो सकता है। वैसे यकीन दिलाना मेरा काम नहीं है, फिर भी आप भरोसा करेंगे तो अच्छा लगेगा।

कहानी शुरू होती है दिल्ली के मेट्रो में घटे एक वाकये से। हुआ यूँ कि मेट्रो चली जा रही थी, उसी गति से जिस गति से चलती है। मैं अपनी दुनिया में खोई थी तभी कोई बोला—

"भाई! कौन से देस उतरने का तुमको?"

वह आदमी किसी से पूछ रहा था। उसे जवाब देने के बजाय अगले आदमी ने अपनी ईयर-लीड को थोड़ा-सा सरकाया और अजीब-सा चेहरा बनाकर बोला—"व्हाट!"

पूछनेवाला आदमी सकपका गया। वह वापस जाकर मेट्रो की बर्थ पर बैठ गया। थोड़ी देर में वहीं बैठे-बैठे रोने लगा और कहने लगा—"तुम साला, हमारा पैसा मार लिया। हरामी...।"

"मेंटली डिस्टर्ब सा लगता है।" पास में बैठी एक मैडम ने अपनी राय प्रकट की।

वह रोते हुए बोला—"अरे, मैडम टिकट लेकर गाड़ी में बैठा हूँ।"

फिर किसी से बोला—"भाई, तुमको कौन से देस उतरने का, मेरे को सीलमपुर उतार देना।"

बगल में खड़े कोट-पैंट पहने भाई-साहेब ने थोड़ा मुस्कुराकर कहा—"जरूर बता दूँगा। अब चुप करके बैठो।"

"अरे, भाई बड़ी मेहरबानी।"

वह फिर अकेले रोने लगा। दो-तीन स्टेशन आया नहीं कि वह फिर से बोलना शुरू हो गया।

"छोड़ब नई तुमका, यूपी वाले पीछे बारूद लगाकर उड़ा देते हैं। हमसे न उलझना। हम लोग छोड़ते नहीं...।" फिर धीरे-धीरे बुदबुदाने लगा।

वह बोल ही रहा था कि तभी मेट्रो ने एक करवट ली और थोड़ी तिरछी होकर चलने लगी। अपने इसी अन्दाज में वह किसी रेलगाड़ी की तरह लगती थी। नहीं तो रेलगाड़ी होकर भी, वह रेलगाड़ी नहीं लगती। जनरल बोगी होकर भी, वह कभी जनरल बोगी नहीं होती है, इसका अपना मिजाज और रुतबा है।

कुछ ही दिन पहले कुछ औरतों ने सोशल मीडिया पर लिखा था—"हम तो मेट्रो में सफर करते हैं, कोई बस में तो जाते नहीं कि मुफ्त की सवारी माँगें।"

"कुछ तो खास है मेट्रो में...।"

मैं फोन पर यह न्यूज देख रही थी और हिसाब लगा रही थी कि अगर मेट्रो में किराया न लगे तो क्या-क्या हो सकता है?

लेकिन उस आदमी की आवाज सुनकर मेरा ध्यान बँट गया। मैंने झाँक कर देखा कि कौन चिल्ला रहा है? एकदम फटलस हालत में पड़ा एक

आदमी बोल रहा था। न तो वह फोन पर था और न ही किसी से बात कर रहा था, वह खुद से ही बोल रहा था।

वह फिर रोने लगा—"ई साला ठेकेदार, हमार पैसा मार लिया, काम कराया, पैसा नहीं दिया। हमारा भी घर है बीवी है, बच्चे हैं। हमका साला पैसा नहीं दिया। हम घर कौन मुँह लेकर जाऊँ।"

मेट्रो में सफर करनेवालों की दुनिया में हलकी-फुलकी बातचीत तो होती है लेकिन चीख-चिल्लाहट कम ही होती है। वैसे भी एक हाथ चुल्ले में फँसाए और दूसरा हाथ फोन में उलझाए स्क्रीन में गुम आँखों के लिए बोलने का ये अन्दाज नया था।

कोई मेट्रो में थोड़ा पीछे से बोला—"कैसे देखते हैं सिक्योरिटी वाले। पी रखी है क्या इसने...।"

फटलस ने पी नहीं थी। थोड़ा उतावला होकर खड़ा हो गया—"अरे, भाई, कौन-सा देस आया है?"

किसी ने जवाब नहीं दिया। कोट-पैंट पहने आदमी उसे थोड़ा सहृदय लगा था, उसी की ओर मुँह करके पूछा—"भाई तुम कौन से देस उतरने का।"

कोट-पैंट पहने हुए आदमी ने कहा—"भाई, तुम्हें सीलमपुर जाना है नऽ, जब तुम्हारा देस आएगा तो बता देंगे।"

तब तक मेरा स्टेशन यानी मेरा देस आ गया था। मैं उतर गई। मुझे थोड़ा पैदल चलकर दूसरी लाइन की मेट्रो पकड़नी थी। उतरने से पहले मैंने हलके-से उस आदमी को फिर देखा। फटलस का देस कौन-सा है, बस मन में खयाल आया। फिर खयाल आया कि पिछली मकान मालिकन हर बार दिल्ली से बाहर वालों से पूछती थी—"तुम्हारा मुलुक किधर है?"

थोड़ी देर में मेरा ध्यान उस आदमी से हट गया, कोरिडोर में भीड़ थी, लोग एक-दूसरे को 'एक्सक्यूज मी' कह के आड़े-तिरछे होकर निकले जा रहे थे। मुझे भी जल्दी ऑफिस पहुँचना था, मैं जल्दी-जल्दी सीढ़ी की ओर भागने लगी। तभी मेरा पैर एक दूसरी

औरत के पैर में लग गया, मैंने तीन-चार बार सॉरी-सॉरी कहा। मुझे सचमुच अफसोस हुआ।

दूसरी महिला सम्भ्रान्त घर की लग रही थी, उसने मुझे गुस्से से देखा और घूर कर कहा—"स्टुपिड, गँवार, पता नहीं कहाँ-कहाँ से आ जाते हैं।"

मैंने तब जान-बूझकर दुबारा पैर से मारा और कहा—"यू आर स्टुपिड।"

अब आप कहेंगे कि इस बात से कोल्हू और कोल्हू में काँटा-कील से उभरी दुनिया की बातों का क्या रिश्ता है! है रिश्ता, थोड़ा धीरज रखिए। आपको ये भी पता चल जाएगा कि मैं जिस लड़के की कहानी सुना रही हूँ वो मैं ही हूँ यानी एक लड़की। बदले में आप मुझे स्टुपिड और गँवार नहीं कहिए, आपने देख लिया होगा कि मैं इतनी अहिंसक भी नहीं हूँ।

इसलिए शुरू से सुनिए।

दो

कार इतनी तेजी से निकल रही थी कि नम्बर पढ़ना तो दूर मॉडल पहचानना मुश्किल था। एक झुप्प करके आवाज के साथ में धूल का झोंका आता है और आँख में किरकिरी पड़ जाती है। ऐसे ही वह राट्क थी। हर नई गाड़ी के मॉडल की एक लहर आती है और सड़क के किनारे धूल छोड़ जाती है, धूल अभी बैठ ही रही होती है कि अगली गाड़ी की लहर आ जाती है। दिल्ली में कई दिनों से मौसम धूल और कुहासे के साथ मिला हुआ चल रहा था। पूरे-पूरे दिन अँधेरा छाया रहता था और लगता था कि शहर के ऊपर धुआँ जम गया है। इस मौसम से थोड़ी राहत पिछले दो दिन से हो रही बारिश ने दे दी थी। हवा में घुलकर जो जहर बह रहा था, वो थोड़ा मध्यम हो गया। सुबह से बारिश की झड़ी लगी हुई थी। बारिश ने दिल्ली के मौसम में थोड़ा ऑक्सीजन मिला दिया था। हवा की गुणवत्ता बतानेवाली इमरजेंसी वाली लाल बत्ती, अब ऑरेंज थी। इस सुहाने मौसम में दिल्ली के सैलानी तेजी से इधर-उधर जा रहे थे। खबरों में था कि शिमले की सड़क पर ट्रैफिक जाम लग गया है। सब तेजी से अपनी गाड़ियों में कहीं और पहुँच जाना चाहते थे। लेकिन उनमें से बहुत सारे ऐसे लोग भी थे जो काली मन्दिर पर लाइन में खड़े होकर किसी भाग्य-देवता का मनुहार कर रहे थे।

वहीं पर कोई और भी था।

वहीं पर कोई होकर भी, वहाँ का नहीं था। उसके कानों तक गाड़ियों की आवाज नहीं पहुँच पा रही थी, उसका शरीर उसे भीगकर भारी नहीं लग रहा था। वह महसूस कर रहा था कि वह पंख की तरह हल्का है,

जिस ओर चाहे झप्प से उड़ जाए। एक पंख की तरह जो अपने प्राण से अलग हो चुका हो, औचित्यविहीन।

सड़क के उस पार से एक आवाज आ रही थी। एक गाने का जो उसने कभी नहीं सुना था।

गुंचे अपनी आवाजों में बिजली को पुकारा करते हैं...
सुनते हैं शबनम के कतरे फूलों को निखारा करते हैं
जाती हुई मैयत्त देख के भी अल्लाह तुम उठकर आ न सके
दो-चार कदम तो दुश्मन भी, तकलीफ गवारा करते हैं।

वह तय नहीं कर पा रहा है कि सपना देख रहा है या उसके साथ पहले ऐसा कुछ हुआ है। उसे लगा कि ये गीत भी वह सपने में सुन रहा है। सुबह का सपना था उसका। सपने में उसने देखा कि उसे रात बहुत देर तक खाँसी आ रही है। पिछले दस दिनों से रात को एक-डेढ़ बजे से खाँसी आनी शुरू हो जाती है। फिर पानी गरम करता है, नमक डालता है, देर तक घूँट-घूँट पीता है। पूरा घर सो रहा है। रसोई से कहीं पानी की टप-टप सुनाई दे रही है। वह उसको बन्द करता है और भीतर-भीतर तय करता है कि कुछ ऐसा करे, जिससे पानी की ये बूँदें न टपकें। यह हर रोज होता है और यह रोज उसे भूल जाता है। पूरे घर में उसकी खाँसी गूँज रही है। उसे बड़ी शर्मिन्दगी महसूस होती है। वह कम्बल को गोल करके पीठ पर लगा लेता है और बैठ जाता है। साँस थोड़ी सहज हो जाती है। रात को शोर करके सबको जगाने के अपराध-बोध से थोड़ा मुक्त होता है।

फिर उसका दिमाग उसे अगले सपने में लेकर चला जाता है। वह फिर तय नहीं कर पा रहा है कि वह सपना देख रहा है या सचमुच कुछ ऐसा घट रहा है। सब लोग खाना खा रहे हैं। थाली में कच्चा खाना परसा है—दाल-चावल और करेले की सब्जी। रह-रहकर ढेर सारी गिलहरियाँ शोर मचा रही हैं। इनको चुटकाइल भी कहते हैं। बड़े भइया कहते हैं कि ये नाम ज्यादा सही है, चुट-फुट-सी आवाज जैसे कोई बच्चे को खिला रहा हो।

बच्चों को दुनिया की कोई भाषा नहीं आती। बस वो कुछ ध्वनियों में छुपा आत्मीय स्वर पहचानते हैं। अचानक भइया की आवाज आनी बन्द हो जाती है। अचानक वह नीम के पेड़ को याद करने लगता है। नीम के पेड़ पर, हवा पहुँचते ही एक शोर मचाती है, जैसे समुन्दर की लहरें मचाती हैं और किनारे आकर टूट जाती हैं। नीम के पेड़ से पत्ते झड़ रहे हैं। उसे फिर खाना खानेवाला दृश्य याद आता है।

वह समझ नहीं पा रहा है कि भइया खाना खाते समय यहाँ कैसे आ गए। वह कई तरह की आवाजों में गुम हो रहा है लेकिन अचानक ऐसे लगता है कि कोई उसे बुला रहा है।

लेकिन उसे कौन बुलाएगा। गाड़ियों का शोर दूर से आ रहा है। वो भी हवा की तरह एक झोंके-सी आती और टूट जाती है। किसी को रुकना नहीं है। ये क्या हो रहा है? सपने के भीतर भी, क्या सपने की कोई कड़ी है?

कोई बोल रहा है—"ए भइया केतना दुबराई ग अह...हाड़-हाड़ बाजत ब...।"

यह तो उसकी अम्माँ की आवाज है।

वह बोल रहा है—"अम्माँ इतना भात न दो।"

पनिआई आँखोंवाली औरत ने गरम-गरम भात भर कटोरा थाली में डाल दिया। साथ ही धनिया, टमाटर, लहसुन और मिर्च की चटनी परोस दी।

"गरम भात..."

होंठ बुदबुदा रहे थे। 'गरम-गरम भात।' सपने की यह कौन-सी कड़ी है? वह सपने में बोल रहा है या सच में...।

वह तय नहीं कर पा रहा है, ये सब कुछ उसे नींद में दिखाई दे रहा है कि बेहोशी में। उसके पास उठकर खुद को खड़ा करके दो कदम चलने की ताकत नहीं है। ताकत तो इतनी भी नहीं है कि कुछ बोलकर ही खुद के बारे में तय करे कि वह जिन्दा है या मुर्दा। उसे भी लोगों की तरह यह नहीं पता है कि उसकी साँसें चल रही हैं या नहीं।

सच तो ये है कि मैं उस लड़के की नींद की दुनिया का हिस्सा हूँ। आधी उम्र तो आँखें खुली ही रहती हैं लेकिन आधी उम्र नींद की है। एक गहरी नींद की, जिसके सपने कपूर की लौ की तरह जलते-बुझते हैं। कई बार एक धुआँ-सा पसरा रहता है और आँखें बन्द करके हम लौ ढूँढ़ते हैं लेकिन तब तक धुआँ भी उड़ जाता है। फिर एक सपाट-निचाट खालीपन भर जाता है। एक काला निशान बचता है, जिसे देखकर कहना मुश्किल होता है कि वो कभी प्रज्ज्वलित लौ थी। लेकिन आज उसकी आँखों में लौ रह-रहकर भभक जा रही थी। फिर यूँ हो जाती मानो बुझ गई हो, रह-रहकर कालिख जमा हो जा रही थी। जागने का हिस्सा उड़ चुका था और नींद उसे अपनी दुनिया में लेकर जा चुकी थी। जीवन का उसका ये हिस्सा सिर्फ नींद का था—एक ऐसी बेहोश नींद, जिसमें आसपास की कितनी भी आवाज़ें मिलकर एक हो जाएँ तब भी नींद से जगा नहीं पाती हैं।

नींद की दुनिया में पसरा संसार विचित्र है। एक ही जगह में कई दुनिया घुली-मिली सामने होती है। कोई चेहरा, कोई नाम, कोई इमारत, कहीं से कहीं पहुँचने लगती है जैसे जिन्दगी सिर्फ स्मृतियों और खयालों से बनी हो। कोई पूरे दिन खटता है कि रात को इस संसार में पहुँच जाए। कोई पूरे दिन कोशिश करता है कि रात को इस संसार से सामना न करना पड़े। ये नींद का संसार बहुत ताकतवर है। उसमें एक घना ताकतवर चुम्बक है, आँख झपकते देर नहीं होती कि वह चुम्बक तेजी से खींच लेता है। कभी-कभी तो ये चुम्बक नींद के मुहाने पर खड़ा होता है। पलकें झपक भी नहीं पातीं कि वह पकड़ लेता है। आदमी घबराकर, चौंककर उठ जाता है। यह लड़ाई मैं कई वर्षों से लड़ रही हूँ।

मेरी बात का यकीन कीजिए। इस यकीन का वादा मैंने पहले आपसे लिया है। मैं उसके सपने को जानती हूँ। मैंने बताया ही है कि वो मैं ही हूँ। वो मेरे सपने का हिस्सा है। मेरी अब तक की आधी उम्र का हिस्सा है।

वह बुदबुदा रहा था। यह आवाज इतनी क्षीण थी कि अगल-बगल के लोगों को पता ही नहीं चला कि जिसे वो लाश समझकर बगली काट रहे हैं, वो वहाँ से आ रही है। झिमिर-झिमिर बारिश हो रही थी, ठंडक बढ़ गई थी। लेकिन ठंडक का भी ऐसा असर नहीं था कि शरीर में थरथरी हो। ठंडी बूँदें उसके शरीर पर यूँ पड़ रही थीं जैसे किसी पत्थर पर बरस रही हों। उसके शरीर में कोई हरकत नहीं थी। वैसे भी सड़क पर पड़े आदमी के शरीर में हो रही थरथरी देखने की किसे फुर्सत थी?

काली मन्दिर के एक किनारे बनी एक टूटी-सी बाउंड्री पर वो पड़ा था—पिछले दो दिनों से। मन्दिर, जो नाले के किनारे लगे एक पेड़ से पैदा हुआ था, मानो पेड़ को फाड़कर मन्दिर उग आया हो। उसके ऊपर एक छोटी-सी तख्ती लगी थी—पंडित बृजबिहारी उपाध्याय, संस्कृत विद्वान। मन्दिर की दीवार के पिछले हिस्से पर लिखा था—किया-कराया, जादू-टोना, मुठकरनी का तोड़ बाबा रूहानी। आने-जानेवाले लोग दोनों सूचनाओं को पढ़ते थे। वैसे दोनों ही सूचनाएँ आपस में घुली-मिली थीं। बगल में बह रहे नाले का भभका कभी-कभी बहुत तेज हो जाता था, इतना तेज कि आते-जाते लोगों को नाक बन्द करनी पड़ती थी। आज शनिवार है और शनिवार के दिन काली मन्दिर में खूब भीड़ होती थी। जाड़े का बज्र ठंडा दिन था। भक्तों ने घर पर ही रहने में भलाई समझी थी। यहीं पर वह पड़ा था।

बहुत देर से एक लड़की उसे देख रही थी। वह पूरी कोशिश करके देख रही थी कि आती-जाती साँसों का सुराग उसे मिले। उस ठठरी पर पड़ी शर्ट जरा-सी हिलती तो वह सोचने लगती कि हवा से हिली है या उसकी साँस से या कि बारिश की बूँद उछल रही है।

लड़की के भीतर से आवाज आई—न, न ये डेड बॉडी नहीं है। वह बहुत कोशिश कर रही थी कि उस ओर ध्यान न जाए लेकिन उससे रहा नहीं गया। सुबह से झिर्री पड़ रही थी। दिसम्बर की सुबह गल रही थी। उसने अपना शाल उतार दिया—वो थोड़ी देर असमंजस में खड़ी रही। सोचती रही, क्या करे, किससे कहे। कहते हैं कि दुनिया से कोई चला जाए,

तब उसे कफन जरूर ओढ़ा देना चाहिए, नहीं तो दूसरी दुनिया में जाकर पूरी इनसानियत के बारे में क्या जवाब देगा।

जरूर ये आदमी मर गया है, लड़की सोच रही थी। उसने अपनी शाल उतारी और बगल में बैठे आदमी से कहा—भइया ये ओढ़ा दो।

बगल मे बैठा आदमी अभी-अभी आया था। आँखें सूजी हुईं—लाल अंगारा थीं। वह खुद देखने में ऐसा लग रहा था कि कोई चलती-फिरती लाश हो जिसे किसी आत्मा ने वश में कर रखा हो। उसने कुछ नहीं कहा, बस शॉल आदमी के ऊपर ओढ़ा दी।

जिन्दगी ने उसके साथ ढुक्कुल का खेल खेला है। यानी जिन्दगी ने मेरे साथ छुपमछुपाई का खेल खेला है। जिन्दगी उससे छुपती-फिरती है। ऐसी जगह जाकर छुप जाती है कि वह डर के मारे आवाज़ लगाने लगता है कि कहीं ऐसा तो नहीं कि उसे खेल में शामिल करके वो खेल से बाहर निकल गई हो। जिन्दगी उसे बहुत छकाने के बाद हलके से आवाज देकर इतना बताती है कि वो यहीं, कहीं है और खेल में शामिल है। लेकिन वो कभी यानी हम इतने मँजे हुए खिलाड़ी नहीं बन सके कि जिन्दगी के पीठ पर खुद धप्पा दे पाते।

डेड बॉडी के ऊपर शाल थी। डेड बॉडी को हलका-सा कुछ महसूस हुआ। वह महसूस करने की ऐसी तरंग थी, जो शरीर के किसी बाहरी हिस्से से होकर नहीं गुजरी। नसों के भीतर से एक नीली तरंग उठी और दिमाग में एक झनक की तरह फैल गई।

उसे फिर सपना आने लगा। नये सपने में वह आठवीं का छात्र है। स्कूल से आया है। नीले रंग की कमीज है और गहरे नीले रंग की हाफ पैंट पहने है। पूरे गाँव में कोई टिफिन लेकर स्कूल नहीं जाता है। बच्चे सबेरे खाना खाकर जाते हैं और दोपहर ढलने और शाम उतरने के पहले घर आकर खाना खाते हैं। सपने में उसे अम्माँ दिखती हैं। अम्माँ का चेहरा पास में ही है। अम्माँ का चेहरा नजदीक और नजदीक आता जा रहा है। एक शाश्वत उदास चेहरा!

उदासियों के कितने प्रतिबिम्ब बनते हैं। पेड़-पौधे, फूल-पत्ती, चिड़िया-चुगुन, लगता है कि सब उदास हैं। इस मौसम में पत्तों का रंग भी उतरा हुआ है, मानो पेट भरने के लिए उन्हें भी धूप नहीं मिली है। एक उदास दाना पेट नहीं भरता लेकिन आँसू आने की ताकत दे देता है। एक कौर मुँह में गया नहीं कि हिचकी फूट पड़ती है। अम्माँ की उदासी पूरे घर में फैल गई थी लेकिन फिर भी वह लगातार काम कर रही थीं। बीच-बीच में साहेब का बिस्तर ठीक कर आती थीं। बच्चों के खाने से पहले साहेब खाना खाते थे।

छुट्टी का दिन है। साहेब ने खाना नहीं खाया था लेकिन छोटा बेटा मुनीश कहने लगा, 'अम्माँ मेरा खाना निकाल दो'। माँ ने थाली भर भात और दाल परोस दिया, एक ओर आलू की भुजिया सजा दी। छोटा लड़का थोड़ा अटपटा होकर बैठकर खाना खाता था। वह उतना छोटा नहीं था, तेरह पूरा करके चौदहवें बरस में लग गया था लेकिन उकड़ू बैठकर पैरों के भीतर से हाथ निकालकरके खाना खाने का तरीका उसका अपना था। कितनी बार उसको डाँट पड़ी थी लेकिन वो जस का तस बना हुआ था।

"भइया कायदे से बैठकर खाओ।"

अम्माँ अपने बेटों को भइया कहती थीं। अम्माँ ऐसे बहुत कम रोकती-टोकती थीं। या यूँ कहें तो वह किसी से भी कम ही बोलती थीं। पूरे गाँव में उनको सब लोग साहेब बऊ कहते थे। वे अपने पति को साहेब कहती थीं। अभी खाना चल ही रहा था कि साहेब के कदमों की आहट हुई। अम्माँ असहज हो गईं। लड़के ने जल्दी-जल्दी मुँह चलाना शुरू कर दिया।

साहेब ने एक भद्दी-सी गाली उछाली—"जब माँ बैठाकर खिला रही है तो साले काम क्यों करें।"

अम्माँ कुछ कहना चाहती थीं कि खाते समय कुछ न कहो लेकिन आवाज गले तक आकर गोला बनकर अटक गई। मुनीश ने जल्दी-जल्दी खाना निगला और थाली लेकर उठ गया।

पिता को मुनीश ने इसी रूप में जाना था। कभी भी उन्होंने पिता के साथ बराबर बैठकर बात नहीं की थी। बड़े बेटे को छोड़कर पिता अपने सभी बेटों से नाराज रहते थे। मुनीश का छोटा भाई कभी भी पिता के आगे नहीं पड़ता था।

"साले पता नहीं किसके हैं..." साहेब एक गाली के साथ खेलते हैं।

ये एक वाक्य ही काफी है। अम्माँ अपने ही बेटों के आगे शर्मिन्दा हो जाती हैं।

मुनीश गाँव में पला-बढ़ा था। वहाँ लड़के-लड़कियों को बहुत कुछ समझने के लिए बड़े होने का इन्तजार नहीं करना पड़ता है। स्कूल में ढुक्कुल यानी छुपमछुपाई का खेल ही काफी है, सब कुछ पढ़ाने के लिए। अम्माँ की कहानी बेटों तक भी खुसुर-फुसुर होकर पहुँच गई थी। मुनीश उस कहानी को कुछ हद तक समझ पाता था।

जैसे बाग वाले कुएँ की कहानी उस तक पहुँची थी।

"अरे, उस कुएँ में कोई लड़की गोलियाय के फेंक दिया था।"

फिर नाम लेकर कोई कहता है कि फलाने चच्चा के यहाँ फलाने बुआ दवाई लेने जाती थी। वहीं से उनको बच्चा ठहर गया। पहले तो सब लोग बहुत छुपाए लेकिन जब पूरा महीना हो गया, जनाई देने लगा। जान लो, मुँह दाब के बच्चा पैदा कराया। लड़की हुई थी। उसी को गोलियाय के फलाने ने कुएँ में फेंक दिया। उस दिन से आज के दिन तक कोई उस कुएँ का पानी नहीं पीता है।

फलाने चच्चा—फलानी बुआ।

चच्चा से तो अक्सर ही मुनीश की भेंट हो जाती थी लेकिन फलानी बुआ को एकाध बार ही देखा है।

उसका गाँव कहानियों का संसार था। मर गए और मर रहे लोगों के बीच कहानियाँ आती-जाती रहती थीं। कुछ लोग ऐसे थे, जिन्हें सारी कहानियाँ पता थीं। उन्हें अगली पीढ़ी तक वह सारी कहानियाँ पहुँचा देना

अपनी भारी जिम्मेदारी लगती। कुछ लोग तो ऐसे भी रचनात्मक थे गाँव में कि हूबहू डायलाग बोलकर कहानी सुनाते, जैसे वो घटना के वक्त वहीं बैठे देख रहे थे।

जैसे उसे बताया गया था कि कुएँ में लड़की को गोलियाकर बड़की गगरी में भरकर डाला गया था। उस बखत ऊ लड़किया केंहाँ-केंहाँ करके रो रही थी। तो किसी और ने बताया कि ऊ लड़की जना मक्खन इतनी गोरी...।

मुनीश का दिल धड़कने लगता। वह इन कहानियों से भागता था। उसे ये कहानियाँ किसी बवंडर की तरह लगती थीं। उसे लगता था जैसे एक दिन एक कहानी उसे उठाएगी और गरम हवा के बीच ढकेल देगी, फिर उसे वहाँ से उठाएगी और ले जाकर किसी पत्थर पर पटक देगी। उसे दिखाई देने लगता था कि बँसवारी के पास आम की छोटकी बाग के पास छूटे कुएँ से केंहाँ-केंहाँ की आवाज आ रही है। उसका जी करता था कि जाकर वहाँ झाँक ले।

तीन

"साले पता नहीं किसके हैं...।"

कितने साल से मुनीश ये वाक्य सुन रहा है।

बेटों के दिल में ये बात काँच की तरह चुभ जाती थी। कितने लोगों की मुस्कुराहट उनका कलेजा छेद देती थी। वे अकसर ही देखते थे कि उनकी माँ सबकी माँओं की तरह सामूहिक कार्यक्रम में किसी की रसोई में खाना नहीं बनाती थी, बस बाहर का काम करती थी।

"अरे, मुनीश के पापा अइसे जिन कहअ...।" अम्माँ विनती करतीं।

ये सुनते ही साहेब का पारा चढ़ जाता।

अम्माँ ने शायद कोई भूल की थी, उस भूल की सजा अगर फाँसी होती तो कितना भला होता। लेकिन वो तो रोज जिबह होती थी। दिन में साहेब उनको रेतते रहते थे और रात में अम्माँ की नींद में बैठा खौफनाक सपना।

"अरे, भइया हो, अरे, हमरे भइये के छोड़ द, हौ हौ हौ..." कह के वो चिल्लाने लगती थीं। जैसे नींद में उन्हें कोई मार रहा हो। जैसे वह खुद किसी को मार रही हों। मुनीश की चारपाई माँ के बगल में ही थी।

वह चिल्लाने लगता था—"अम्माँ-अम्माँ क्या हुआ...?"

सुबह अम्माँ के शरीर में नील पड़े मिलते। हाथ में, चेहरे पर या पैर पर गहरे नीले रंग के धब्बे छितराए हुए मिलते थे। वह खुद को कोई सजा दे रही थीं। मुनीश को भी अम्माँ को जब सजा देने का मन करता था

तो खाना नहीं खाता था। स्कूल से भाग कर बाग में पूरा दिन बिता देता था। उसने इतने दिनों में जान लिया था कि खाना न खाओ तो अम्माँ परेशान हो जाती हैं। स्कूल न जाओ तो अम्माँ रुआँसी हो जाती हैं।

अम्माँ की भी दो दुनिया थी। एक दुनिया, जिसमें उन्हें लोग सजा देते थे और दूसरी दुनिया, जिसमें वह खुद को सजा देती थीं। वह दोनों सजाओं से निढाल हो चुकी थीं। उनके भीतर जैसे जीवन की कोई आस न बची हो। जीने की आस वैसे भी प्रेम और सम्मान की मोहताज होती है। उसके बगैर तो बस रोटी शरीर को जिलाए रखती है, जिम्मेदारी खुद को चलाती रहती है, नहीं तो भीतर क्या ही बचता है।

साहेब जब उन्हें कभी खुश देखते तो एक तरेर से उस खुशी को बेध देते। कितनी बड़ी बात हो, कितनी भी चहल-पहल हो, कैसा भी मौका हो, साहेब की एक तरेर सीधे कलेजे में आकर चुभती थी और अम्माँ भाग कर कहीं खुद को छुपा लेती थीं।

"अम्माँ उठ-उठ, का भ!"

अजब ही हाल था, बच्चे जब नींद में कुछ कहते हैं तो माँ चुप कराती है लेकिन यहाँ माँ ही नींद में बड़बड़ाती थी।

"तोहार अम्माँ केतना अभुआ थिन, उहई ओनकर नटई दाबत थ।"

सब कहते हैं कि उनको नींद में कोई मारता है, कोई उनका गला दबाता है।

मुनीश का दिल बैठ जाता था। उसने दिन के उजाले में कई बार अम्माँ को मार खाते देखा था। लेकिन उन्हें कोई नींद में भी मारता है, ये सोचकर वह और डर जाता है।

अम्माँ को कोई नींद में मारता है। ये बात उसने गाँव के सुनसान कोने में पड़े कोल्हू से कहा। वह बहुत सारी बातें इस कोल्हू से ही करता था। कोल्हू न तो चिढ़ाता था और न ही बदले में कुछ और कहता था।

बस अपनी गोद में बिठा सब कुछ सुनता रहता था। उसके साथ कोल्हू पर बना पेड़, चिड़िया और औरत सब उसकी बात सुनते थे।

उसे दुख में सबसे ज्यादा आसानी इन्हीं से बात करने में होती। ये न तो उकताते और न ही किसी को जाकर कुछ बताते।

पिछले साल जब चचेरे भाई की शादी पड़ी थी तो सब औरतें रात में गाना-गाने इकट्ठा थीं। अम्माँ भी गई थीं।

औरतें एक दूसरे को जिद करके पाँव में घुँघरू बाँध दे रही थीं। अम्माँ के पाँव में किसी ने जबरदस्ती घुंघरू बाँध दिया। पुरानी बुजुर्ग औरतों ने अम्माँ को याद दिलाया कि जब ब्याह के आई थीं तो कैसे नाचती थीं। कैसे पूरा आँगन कस जाता था। अम्माँ ने मनुहार मान लिया।

अम्माँ गाने लगीं। दो महिलाएँ मिलकर गीत को कढ़ाने लगीं।

तुलसी बेकल भइले, घर से निकर गईले, रतना प्यारी से मिलनवा...
रतना प्यारी से मिलनवा...।

दुहरा के वे एक बार घूम गईं। इतने में ही उनकी धौंकनी चलने लगी। पड़ोस के आँगन में यह सब हो रहा था। आँगन में गड़ा बाँस झूम रहा था। पता नहीं उसने या किसने बाहर जाकर चुगली लगा दी।

मुनीश भागकर अम्माँ के पास गया। फुसफुसा के धीरे से बोला—"अम्माँ पापा बुला रहे हैं।"

साथ में गाना कढ़ा रही औरतों के दिल भी धक से रह गए। वह सब इस अचानक पड़े बज्र का नतीजा जानती थीं। भले वह भी अम्माँ को कई साल से सजा दे रही थीं लेकिन उनके हिसाब से अम्माँ की सजा कब की पूरी हो गई थी। अम्माँ ने जल्दी-जल्दी घुंघरू खोले। कपड़े की डोरी में बँधे घुँघरू की डोर उलझ गई। सरिता बुआ ने जल्दी से उसे चाकू से काटा।

मुनीश का दिल घबरा रहा था—"अम्माँ जल्दी चल। पापा बहुत गुस्से में हैं।"

अम्माँ जल्दी से आँगन से भागी लेकिन तब तक देर हो चुकी थी। साहेब दरवाजे तक आ चुके थे।

"अबई रंडियापा करके तुम्हारा पेट नहीं भरा है।"

उन्होंने अम्माँ को हाथ पकड़ के घसीट लिया। अम्माँ को चौखटे से तेज से लगी लेकिन शादी ब्याह का घर है, किसी को पता न चले यह सोचकर उन्होंने मुँह में साड़ी का कोना ठूँस लिया। दर्द का एक गुमड़ा सिर के ऊपर उभर आया।

मुनीश चिल्लाया, "अरे, पापा नाही..., अरे, पापा अम्माँ के छोड़ दे।"

साहेब अम्माँ को खींचते हुए अपने ओसारे से कोठरी तक ले गए। कोठरी का दरवाजा बन्द हो गया। बेल्ट की सटाक-सटाक सुनाई देने लगी।

मुनीश भागकर गाँव की एक जगमौसी के पाँव में गिर गया।

"मौसी अम्माँ के बचाई ल। पापा मारत अहेन।"

सारी औरतों में चुप्पी छा गई थी। किसी तरह उन्होंने रात का गाना पूरा किया और शुभ किया। मौसी भाग के मुनीश के घर गईं। देर तक कोठरी खटखटाती रहीं लेकिन कोठरी का दरवाजा नहीं खुला। बहुत तेज खटखटा नहीं सकती थीं, दुआर पर गवहियाँ यानी मेहमानों की खाट लगी थी। वह सारे जाग जाते।

तकरीबन आधे घंटे बाद दरवाजा खुला। मौसी ने बस इतना कहा— "ऐस नाई कई जात भइया। दुआरे गवहियाँ हैं, मेहमान हैं।"

साहेब ने मुनीश का पँखुरा पकड़ा और तेजी से घुमा दिया।

"सार माधर...ये आए हैं समझवैया ले के...।"

सुबह हुई अम्माँ ठीक बगल के घर तक नहीं आईं। पूरे शरीर पर जगह-जगह नील के दाग पड़े थे और मन के भीतर तो पूरा खून बैंगनी होकर जम-सा गया था। किस मुँह से नई साड़ी पहनें...।

मुनीश पूरे दिन घर के पीछे पुआल के गट्ठर पर पड़ा रोता रहा। हमेशा की तरह वह सबसे नाराज था।

दिन बीता। घर के पूरे परिदृश्य में गाजा-बाजा चलता रहा। कुछ औरतें गारी गाकर शुभ कर रही थीं।

खरबूजना आयल बिचाय ललना, खरबूजना...
फलाने के बहिनी, आट गईं बाट गईं, कुँजड़े की जात गईं
खरबूजना...

उनकी गारी में वो चुहल नहीं थी। हर गारी के गीत में ऐसा था, जैसे औरतों को ही सबसे ज्यादा जरूरत आदमी की है। किसी की बहन, किसी की माँ, किसी की बुआ, कैसे किसी और मर्द के साथ सोई, इसका ब्यौरा पेश हो रहा था। वैसे ये ब्यौरा किसी मर्द को चिढ़ाने के लिए ही हो रहा था। अगर सच में ऐसी खबर होती तो क्या होता। यह एक ऐसी बात थी, जिसका जिक्र वो सिर्फ चुहल में कर सकती थीं।

मोरे पिछ्वरवा राई हो, चौराई फरल ब
चौराई खोटन गईं फलाने की फुआ, ओनहूँ के लाग खजुआई हो
चौराई फरल ब...

उस दिन-रात में किसी तरह कुछ गाकर शुभ हुआ। विडम्बना की बयार बह रही थी, उस पूरे टोले में।

अगली रात में घर भर की महिलाएँ फिर इकट्ठा हुई थीं। महिलाएँ इस विषय पर आपस में खुलकर कुछ नहीं बोल रही थीं। सबने खाना खा लिया था। मुनीश का परिवार सगा पट्टीदार था। वैसे तो पूरा गाँव ही एक पुरखे की पैदाइश था।

डॉक्टर बहू से नहीं रहा गया। उन्होंने एक थाली में पूरी-सब्जी परोसी और धीरे से एक लड़की को बुलाया कि जाकर साहेब बहू को देकर आ जाओ।

लड़की थोड़ा हिचकिचाई—"अगर चाची, हम पर बाबा चिल्लाने लगे, तब क्या करूँगी?"

डॉक्टर बहू ने कहा—"कह देना कि डॉक्टर चाची ने कहा है, देने के लिए।"

डॉक्टर बहू की पूरे गाँव में बड़ी शालीन छवि थी। वह शहर की ओर से आई थीं। इंटर पास हैं। ऊपर से इनके पति गाँव में डॉक्टर हैं। वही पूरे गाँव की हारी-बीमारी में तुरन्त उपलब्ध होते हैं। वैसे उनके पास वास्तव में बी.यू.एम.एस. डिग्री है, जो कि ज्यादातर के पास नहीं है। बाजार में ज्यादातर डॉक्टर तो किसी-किसी के यहाँ रहकर कम्पोडरी सीखे हैं।

लड़की को गिनकर पचास कदम चलने थे लेकिन उसे लग रहा था कि मीलों चलना है। लड़की पाँव दबाकर पड़ोस के घर में पहुँची। बाहर तखत पर साहेब लेटे हुए थे। उन्होंने सफेद रंग का कुर्ता और सफेद रंग की धोती को लुंगी की तरह लपेटा था। हमेशा की तरह उनकी तखत पर गद्दा बिछा हुआ था, जिस पर साफ-सुथरी चादर बिछी थी। सिरहाने मसनद की तरह एक और गद्दा लपेटकर रखा था। वह वहीं पर लेटे थे। एक पाँव पर दूसरा पाँव टिकाए किसी गहन विचार में डूबे थे। उनके चेहरे पर न कोई दुख था और न ही पछतावा। बल्कि हिंसा की ऐसी आग थी जो अब भी जल रही थी। मुँह से गाली बरबस निकल ही जा रही थी। वह नहीं चाहते थे कि गवहियों-मेहमानों के आगे यह सब हो लेकिन जब यह औरत माने तब न। यह सोचते ही उन्होंने पिच से वहीं किनारे थूक दिया।

लड़की के पाँव काँप रहे थे।

"बब्बा, अम्माँ के लिए परोसा लाई हूँ।"

"जाओ अन्दर...।"

लड़की कमरे के अन्दर जाती है। वहाँ घुप्प अँधेरा पसरा है। अम्माँ उसे दिख नहीं रही हैं। मसहरी पर ढेर सारे कपड़ों का ढेर है, उसी में एक कोने में ध्यान से देखने पर एक और गठरी जैसी चीज दिखती है। वह समझ गई कि अम्माँ हैं।

"अम्माँ खाना खाय ल।"

अम्माँ की एक भर्राई-सी आवाज आई—"धय द बिटिया।"

"अम्माँ खाय जरूर लिहू।"

लड़की ने थोड़ी हिम्मत जुटाई। वैसे ऐसा उसने पहले कभी नहीं किया था। वह बड़ों की दुनिया में दखल देने से डरती थी। उन्हें कब कौन-सी बात, बुरी लग जाएगी, समझ नहीं पाती थी।

उसने जल्दी से थाली रखी और कमरे से भाग गई। अम्माँ उठीं। उन्होंने थाली नजदीक खींच ली। पूड़ी का एक कौर तोड़ा, जरा-सी सब्जी लगाई और मुँह में रख लिया। आँखों के कोर रोने से कट गए थे। ताजा खारा पानी पाकर फिर से चिलक उठे। अँधेरे में चेहरा तो नहीं दिख रहा था, बस दिख रहा था कि गोल गठरी अब कुछ और हो चुकी थी।

अम्माँ ने धीरे से किवाड़ खोला और पीछे की ओर से पिछवारे की तरफ आ गईं। वह जानती थीं कि मुनीश कहाँ जाकर बैठा होगा।

"भइया! भइया!"

अम्माँ मुनीश को बेटा नहीं कहतीं, भइया ही कहती हैं।

"भइया इहाँ कहाँ पड़ा अहा? चला खाना खाय ल।"

मुनीश ने कुछ जवाब नहीं दिया। मुनीश सबसे नाराज था। वह अम्माँ से भी नाराज रहता था। उसकी अम्माँ ने ऐसा क्यों किया, सबकी अम्माँ तो ऐसे नहीं करती हैं। लेकिन फिर भी वह अम्माँ के सामने आते ही सारी नाराजगी भूल जाता था। उसे अपनी अम्माँ की गद्देदार हथेलियाँ दुनिया की सबसे प्यारी हथेलियाँ लगती थीं।

जो कुछ हुआ था, वह तब हुआ था, जब मुनीश पैदा भी नहीं हुआ था। लेकिन जब से उसने होश सँभाला है, वह अम्माँ को ऐसे ही देख रहा है। अब वह इस उम्र में था कि मान-अपमान समझ सके। तेरह बरस की उमर कम तो नहीं होती। कल पूरी रिश्तेदारी के सामने जो हुआ, उसकी खुसफुस से भी वाकिफ था। अपनी अम्माँ को वो मार खाते देखता था लेकिन कल तो सबने देखा।

"न खाब...।"

"खाए से रिसियाय नाई जात।"

खाने से गुस्सा नहीं होते हैं...अम्माँ समझा रही थीं।

'डेडबॉडी' को अपने कान में एक आवाज गूँजती सुनाई दे रही थी। खाए से रिसियाय नाई जात...। वह सुन पा रहा था, यानी वो मरा नहीं था।

चार

राधेश्वरी देई के साथ की औरतें अब अपने पतियों से गाली खा जाती थीं लेकिन सबके सामने मार नहीं खाती थीं। साहेब फौजी थे। नियम-कानून के पक्के आदमी। दसवीं पास करके साहेब फौज में भर्ती हो गए थे।

अपने माता-पिता की चौथी सन्तान थे साहेब। साहेब अपने माता-पिता के इकलौते पुत्र थे। आजा की बड़ी जमींदारी थी लेकिन उन्होंने अपने जीते जी सब बेच-खोंच दिया था। साहेब के पिता और उनके भाइयों ने बड़ी मेहनत से परिवार चलाया था। खेती-बारी कुछ खास नहीं बची थी। बाग-बगीचा के नाम पर तीन पेड़ मिले थे।

साहेब के पिता ने घर पर रहकर किसानी की थी। साहेब की तीन बड़ी बहनें थीं। उनका शादी-विवाह हो चुका था।

छह फुट लम्बे गौरवर्णी साहेब का शुरू से ही बड़ा रुतबा था। कुछ तो लम्बाई और उस पर रंग, तीसरे दसवीं में ही नौकरी मिल गई। उनके यहाँ एक से बढ़कर एक देखुआर रिश्ता करने के लिए आ रहे थे।

लेकिन जब भाभी में ई लिखी रहीं तो कोई और क्यों मिलता। साहेब की माँ भाग्य को भाभी कहती थीं। साहेब की बीवी का रंग थोड़ा दबा था। उनको इस बात का बड़ा मलाल रह गया था।

राधेश्वरी देवी का जब विवाह हुआ था, तब पूरे गाँव ने उनको आशीष दिया था। अपने गाँव की दुलरुवा बेटी थीं राधेश्वरी। गोमती नदी उनके गाँव से सटकर बहती थी। गोमती के चौड़े पाट पर एक ओर पुरानी बारादरी थी, जो किसी बड़े इतिहास की ओर मुँह करके खड़ी थी। पास ही एक बहुत

पुराना मन्दिर था, जिसकी बनावट बाकी मन्दिरों से बिलकुल अलग थी। वहाँ साल-भर में एक बार मेला लगता था। बारादरी में भी साल में दो बार दिया जलाया जाता था। लेकिन वहाँ पर ज्यादातर ओझा-सोखा लोग आते थे। उनमें राधेश्वरी देई की सहेली आरती गुसाईं का भी परिवार था। राधेश्वरी पूरब की ओर की थीं, जहाँ अवधी के साथ भोजपुरी मिल-जुल गई थी, लेकिन इतनी भी घुली-मिली नहीं थी। ऐसे लगता था कि प्रयागराज हो, संगम हो, जहाँ गंगा-जमुना एक होकर भी अपने रंग और गहराई से अलग ही दिखती हैं।

पाँचवी पास राधेश्वरी का विवाह चौदहवें साल में हो गया था। लिखना-पढ़ना जानती थीं। गाँव में ही स्कूल था, जहाँ से प्राइमरी तक की पढ़ाई पूरी की थीं। राधेश्वरी गीत-गाने की बहुत ही शौकीन थीं। जब लगा कि सहेली अच्छा गाना नहीं गा पा रही है तो अपने ही विवाह में सहेली को बताईं कि जरा ये वाला गाओ—

जइसे बजाज घरे मोतिन झलके, वइसे दरबिन रंग छीट।
राम लखन दूनउ मड़ये में झलके सखिया सहेलरी मुरझांय।

राधेश्वरी देवी अपने ब्याह के दिन ऐसे ही थीं। रह-रह कर इस गीत की तरह सोच रही थीं कि उनकी सखी-सहेलर उनके भाग से जर रही होंगी। माई-बाप का इकलौता दुलार का लड़का, तीन ननदें, जिनकी शादी हो गई है। कहाँ मिलता है ऐसा ससुराल।

वह पछुवा यानी पश्चिम की ओर से ब्याह कर आईं तो उनकी बोली सबको मिठवे आम की तरह लगी।

गाँव में भी द्वाराचार में हर एक बाराती को प्लास्टिक का अध-खिला गुलाब दिया गया, जिसके भीतर इत्र लगी रूई थी, जिसका जिक्र अब भी पुरनिये करते हैं। अपने साथ सिंगार-पटार, झापी-झब्बे, बर्तन के साथ गाने की कॉपी भी लेकर आईं थीं राधेश्वरी। नये बोल के सोहर, लचारी, नाच पर का गीत और देवी-गीत उनकी कॉपी में थे। कुछ गीत फिल्मी तर्ज पर भी थे। उस समय आई बहुओं में वह सबसे गुनैतिन थीं। अपने साथ वो काँच की

गोली भरे हुए प्लास्टिक के तार का गुच्छा-अंगूर भी लेकर आईं थी। कितना तो पंखी और बेना लेकर आईं थीं, जिसका झालर और कढ़ाई देखकर किसी का भी जी ललचा जाए।

साहेब यानी शिवप्रसाद दुबे लम्बे-चौड़े गोरे थे और राधेश्वरी देवी का रंग साँझ की तरह ललछहूँ था। रंग दबा था लेकिन गढ़न जैसे मूरत हों। वह शुरू से ही कामकाज में निपुण थीं। चाहे जितने लोगों का खाना बनाना हो, साफ-सफाई हो, उफ नहीं करती थीं। इससे उनकी गाँव में अलग ही छवि बन गई। पचास आदमी का खाना हो, राधेश्वरी का नाप-जोख एकदम पक्का रहता था। बड़े-बड़े हंडे चादर लपेटवा कर पुरुषों के साथ चूल्हे पर से उतरवा देती थीं। पहला बेटा हुआ तो गाँव भर की स्त्रियों ने सोहर गाया। सास विनोदी स्वभाव की थीं, रोक-टोक नहीं लगाती थीं और ससुर भीतर के मामलों से ज्यादा मतलब नहीं रखते थे।

शिवप्रसाद दुबे फौज में थे, कभी-कभार घर आते थे। मिजाज से शक्की आदमी थे, वैसे ही उनको औरतों का ज्यादा निकलना, बोलना-बतियाना पसन्द नहीं था। वह जितना राधेश्वरी की प्रशंसा सुनते उतना ही उनका माथा फटने लगता था।

शिवप्रसाद दुबे ने पहली बार राधेश्वरी को सबके सामने तब मारा था, जब दलित टोले की बोरा बहू ने नादानी में उनसे कहा—"भइया तोहार बहूरिया गजब नाचअ थ, ओस केऊ नाई नाचत।"

दरअसल तीन दिन पहले राधेश्वरी देवी अपनी सास के साथ पट्टीदारी में बहू देखने गई थीं। अभी उनको भी आए साल-डेढ़ साल नहीं हुआ था। गाँव की कई बहुओं और कई जातियों की स्त्रियों का जुटान था। सबने राधेश्वरी देवी से मनुहार किया। रुनुक-झुनुक करते हुए नाच-नाच कर काम करनेवाली राधेश्वरी भला कहाँ पीछे हटतीं, बाँध लिया घुँघरू और गाने लगीं।

मोरे मन में बसो खटीक, मैं छोड़ूँ सारी दुनिया को...
जौ रे खटीक मोहे हरवा गढ़वाना, ओके नग में बैठो ठीक, हाँ ठीक,
मैं छोड़ूँ सारी दुनिया को...।

साहेब ने जब सुना, तब उनका कलेजा चाक हो गया। घर आते ही उन्होंने राधेश्वरी की पायल उतरवाई, अँगूठी उतरवाई, यहाँ तक कि तीन पत्ती वाला नाक की कील नोच दिया। उसको सिल-बट्टे पर कूँच दिया। तब तक राधेश्वरी से भी न रहा गया। उन्होंने गुस्से में गले की जंजीर भी उतार कर दे दी। फिर क्या था, साहेब ने बेल्ट-बेल्ट मारना शुरू किया। उस समय राधेश्ववरी की सास जिन्दा थीं। उन्होंने किसी तरह बचाया लेकिन यह तो तय हो गया कि राधेश्वरी देवी का जीवन बजाज के यहाँ के मोती की तरह नहीं चमकनेवाला था, फिर भी वह आदत से मजबूर थीं। सँग लाई गाने की कॉपी में नये गीत लिख डालतीं। कई बार तो तर्ज पर गाने बना लेती थीं।

वह जितना हँस के दुख टालतीं, उतना ही साहेब का शासन बढ़ जाता था। साहेब के दिमाग की कौन-सी गुत्थी थी कि उन्हें हँसती हुई राधेश्वरी कभी अच्छी नहीं लगीं। उनके घर आते ही जैसे कर्फ्यू लग जाता था।

गाँव-घर का कोई छोटा लड़का भी अन्दर नहीं जा सकता था। पहले वो उसकी पूरी इन्क्वायरी करते थे। उन्हें तो महिलाओं के आने से भी एतराज था। वह बताते थे कि कौन-सी लड़की कैसी है, ये औरतें बदचलन हैं। अगर राधेश्वरी ने जरा-सा विरोध किया तो समझो कि उन पर बिजली गिरनी ही है।

शिवप्रसाद दुबे यानी साहेब बहुत ही कम घर आते थे। पहला बेटा गोद में देकर पोस्टिंग पर चले गए। वह कब बड़ा हुआ? कब छठवें बरस में लगा? उन्हें मालूम ही नहीं चला। बीच में एक-आध बार आए लेकिन एक बार तो पूरे दो साल नहीं आए। आए भी तब जब उनकी माँ का स्वर्गवास हो गया। माँ बीमार चल रही थीं। बनारस में भर्ती थीं, वहीं से तार भेजा गया। राधेश्वरी देवी पूरे दो साल हमेशा की तरह रुनुक-झुनुक करते हुए घर का काम करती रहीं। लेकिन एक रात ऐसी आई, जब देह ने उनसे धोखा कर दिया। उसके भीतर से आते भभके को वह अक्सर ही बिस्तर पर पानी डालकर ठंडा कर देती थीं लेकिन उस दिन वह कर नहीं पाईं। उसी घर में गाय-गोरू देखने के लिए रामफल रहते थे। साल-भर घर ही रहते थे। जब भी राधेश्वरी की पिटाई होती थी तो वहीं छानी में उपले निकालते समय सुबुक-सुबुक रोती थीं।

रामफल वहीं गोबर काढ़ रहे होते थे। ऐसे लगता था, जैसे चुपचाप सब कुछ देखनेवाला नीम का पेड़ हों, बस आकर पास में खड़े हो जाते थे। जैसे पेड़ की छाँह लगती है वैसी छाँह लगने लगी राधेश्वरी को।

रामफल की उमर शिवप्रसाद दुबे के आसपास की ही थी लेकिन झुककर चलते थे और कम बोलते थे, जिससे अपनी उमर से बड़े दिखते थे। वह अपना खाना खुद ही बनाते थे लेकिन राधेश्वरी कभी कढ़ी-चावल तो कभी कटहल की रसेदार सब्जी उनको देती रहती थी। रामफल ज्यादा बात नहीं करते थे। लोगों से तो उतनी भी नहीं करते थे, जितनी अपनी भैंस से करते थे। एक दिन राधेश्वरी शाम को उपले निकालने छानी तक गईं। वहीं पर उन्होंने खुद को छोड़ दिया।

समय बीत रहा था, उन्हें अन्दाजा भी नहीं लगा कि ओदे से कमरे में बोया गया बीज अँखुआ जाएगा। राधेश्वरी देवी ने बहुत कोशिश की कि कैसे भी करके ये गर्भ गिर जाए। वे कटोरा भरकर सिरका पी गईं, काली मिर्च पूरी एक कटोरी पीसकर खा गईं लेकिन कुछ नहीं हुआ। सास को अन्देशा-सा हो गया, उन्होंने धीरे से अपने पति को बताया। घर में कोई और न था, जिसे जल्दी भान होता। किसी और उपाय के लिए अब देर हो गई थी। रामआधार दुबे ने अपने बेटे को तार देकर बुलाया। इधर सास की हालत और खराब होती गई और वह नहीं बच सकीं। किसी तरह तेरहवीं पार हुई। राधेश्वरी देवी के गर्भ का आठवाँ महीना पूरा हो रहा था। जैसे-जैसे पेट बाहर हो रहा था वैसे-वैसे वो भीतर धँसती जा रही थीं। अपने ही अपराध में घुलती राधेश्वरी के शरीर से तो बहुत समय तक किसी को अन्देशा ही नहीं हुआ कि वह गर्भवती हैं। रामफल तो कब के घर छोड़कर भाग गए थे। रामआधार दुबे दुनियादार आदमी थे, उन्होंने अपने बेटे को पूरी बात बताते हुए कहा कि तुम अभी कुछ न करो।

राधेश्वरी देवी को पास के एक बड़े शहर के अस्पताल में भर्ती कराया गया। कहते हैं कि उन्होंने एक स्वस्थ बच्चे को जन्म दिया। नर्स ने कागज में लिखा—बेबी बाय, 3.5 पाउंड, तीन बजे सुबह।

उसने राधेश्वरी के बगल में बच्चा लिटा दिया।

नर्स साढ़े छह बजे वापस आई।

वहाँ पर नील डला एक माटी का गुड्डा पड़ा था—मृत। नर्स चीख पड़ी। प्राइवेट वार्ड था। राधेश्वरी देवी वहीं चुपचाप पड़ी थीं।

नर्स चिल्लाने लगी—"ऐसा हो ही नहीं सकता। बच्चा एकदम हेल्दी था, आपने क्या किया? ऐसा नहीं हो सकता, ये बेड डेथ नहीं है।"

नर्स राधेश्वरी पर चीखे जा रही थी।

राधेश्वरी देवी की आँखें उनके कमजोर शरीर से बाहर निकल आने की हालत में थीं। रामआधार दुबे दुनियादार आदमी थे। कहते हैं कि उस जमाने में उन्होंने नर्स को दस हजार रुपये दिए और बहू को अस्पताल से घर लेकर आ गए।

वह दिन और आज का दिन। राधेश्वरी देवी की गँठीली-नन्हीं कर्मठ उँगलियाँ जब चाहे थरथराने लगती थीं और रोज रात को वह चारपाई की पाटियों को कसकर दबाकर चिल्लातीं—"अरे, छोड़, अरे, छोड़।"

वे अपने हाथ-पाँव इतनी तेज पटकतीं कि सुबह जगह-जगह खून जमा हुआ मिलता। कोई उनके आसपास नहीं सोता था। वही कातिल थीं, उन्हीं का कत्ल हुआ था। ये गुनाहगार खुद को ही हर पल सजा दे रहा था।

साहेब अपने पिता के साथ बड़े शहर नहीं गए थे। राधेश्वरी गाँव वापस आईं। साहेब ने अपना बूट निकाला और राधेश्वरी देवी को सबके सामने बहुत मारा। तब बड़ा लड़का पाँच साल का था। वह पिता के पैर से आकर चिपट गया। साहेब ने सबके सामने राधेश्वरी देवी से कहा—"थूक" और फिर कहा—"चाट।" अपने बेटे के सामने राधेश्वरी देवी ने थूका और चाटा। साहेब अपने बड़े बेटे को लेकर बहन के यहाँ चले गए और उसे वहीं पढ़ने के लिए छोड़ आए।

तबसे राधेश्वरी देवी को अट्ठारह-उन्नीस साल हो गए। उनके पति ने किसी से सीधे कुछ नहीं कहा। लेकिन ऐसा कोई नहीं था, जिसे यह बात नहीं मालूम थी। जो औरत हँसते-गाते पचासों लोगों का भोजन बनानेवाली

मेठ हो जाया करती थी, उसे अब सामूहिक भोज के समय में रसोई में जाने की इजाजत नहीं थी। उन्हें बाहर का काम दिया जाता जैसे आटा माड़ना, उड़द पीसना, मसाला पीसना आदि।

राधेश्वरी देवी अब गाना नहीं गाती थीं। उनके कमरे में एक जंगला था यानी लोहे की छड़ लगी एक खिड़की थी। उसके अलावा एक मुक्का था यानी आधी ईंट पूरी दीवार में नहीं लगी थी। उससे छन के रोशनी कमरे में आ जाती थी लेकिन अब उनके गाने की कॉपी कब से, अँधेरे कमरे के मुक्के में ठुँसी पड़ी थी।

उसी के पहले पन्ने पर लिखा था—श्री गणेशाय नमः और ये गीत मोती जैसे अक्षर में टीपा था।

सूतल बाटे जागत बाबा, सुना बाबा अर्ज हमार।
तुहरे द्वारे बाबा दुलरू दुलहेराम, साजन मरैलैं पियास।
ताल-पोखरवा बाबा रेत परतू हैं, पुरैन गइली झुराय।
कहाँ के पनिया पियाई, मोरे बेटी साजन मरैलै पियास।
गंगा-जमुनवा बाबा नाव चलतु हैं पुरइन हालर देय,
कुअँवा का पनिया पियावा बाबा, साजन दा जुड़वाय।

पुरइन के फूलों को निहारती राधेश्वरी देवी गाँव में किसी बनफूल की तरह खिली थीं। अब न पुरइन की हलोर थी, न राधेश्वरी की खनखती आवाज। बनफूल राधेश्वरी किसी खर-पतवार की तरह जरा-सी खिली नहीं कि नोच ली जाती थीं। साहेब उनसे सम्बन्ध भी सजा देने के लिए बनाते थे। उसके बाद राधेश्वरी के दो बेटे और हुए। मुनीश और सबसे छोटा लड़का।

गाँव में बच्चों ने जिस तरह तमाम भुतहे घरों के किस्से सुने थे, उसी तरह उससे ज्यादा भुतही औरतों के किस्से सुने थे। जैसे जिन घरों से कोई गुम हो जाता है, जैसे जिन घरों में किसी को मार के टाँग दिया जाता है, जैसे कुछ घरों में चीख-चिल्लाहट की स्मृतियाँ भायँ-भायँ होकर गूँजती हैं,

वैसे ही राधेश्वरी देवी का चेहरा हो जाता था। आँखों में धुआँ-सा भरा रहता था, लेकिन पानी नहीं बहता था। आँखों के सूखे पानी को कुछ लोग 'कठकरेज' कहकर खारिज कर देते थे। राधेश्वरी के पाँव उलटे नहीं थे, न वो नाक से बोलती थीं, लेकिन वह लोगों के लिए चुड़ैल थीं।

कुछ बन्तू किस्म के लोग ये भी कहते थे कि अकेले में अगर फलानी को देख ले तो आदमी क्षड़-डर कर गिर जाए।

पाँच

लाश को फिर से खाने की गन्ध महसूस होने लगी।

"खाने से गुस्सा नहीं होते..."

"अम्माँ मैं खाने से गुस्सा नही हूँ।" वो बुदबुदाने लगी।

आसपास के लोगों को किन्तु ये आवाज नहीं आ रही थी। झिर्री पड़ रही थी और ठंड बढ़ती जा रही थी। ऐसे लग रहा था कि एक दिया बुझनेवाला है, जो रह-रहकर भभक जा रहा है। मानो ढिबरी में पड़ा केरोसिन खतम हो गया हो और लत्ता जल रहा हो। आसपास कालिख और राख छूट रही थी। लत्ता तेजी से जल रहा था। उस कौंध में कभी कुछ तो कभी कुछ दिखाई दे रहा था।

वह सपने में अपने गाँव से सात किलोमीटर दूर के इंटर कालेज में पहुँच गया। उसके सामने अपने से अपने बबऊ का चेहरा घूम गया। वो स्कूल के बाहर चूरन की दुकान लगाता था।

पिड़िक-पिड़िक कर पेटवा बोलय,
निदिंया न आवइ, भूखिया न लागइ
लैइ ल पेटवा के दवाई, न पिराई पेटवा
लैइ ल चूरन के दवाई, न पिराई पेटवा।

वो इतने मजे से गाकर ग्राहकों को बुलाता था कि वहाँ से गुजरनेवाला हर कोई उसकी ओर देखता जरूर था। वैसे बबऊ के ग्राहक पेट के मरीज नहीं थे, वो सबके सब जीभ के मरीज थे। उनकी जबान को कुछ चटपटा चाहिए था।

लाल वाला मीठा चूरन या काला खट्टा चूरन, जिसमें वो आग जलाकर दिखाता था।

एक रुपये में भरपूर चूरन—शायद ही कोई ऐसी चटपटी चीज हो दुनिया में जो कोई और खा रहा हो तो अगले के मुँह में भी पानी भर दे।

बबऊ बंगाली था। वह अपने घर से भागकर यहाँ आया था।

मुनीश हमेशा घर से भागकर बम्बई-दिल्ली जाने की सोचता था लेकिन कोई कलकत्ता से भी भागकर आता है, ये उसने कभी नहीं सोचा था।

भक से बबऊ का चेहरा सामने आया, फिर कालिख छा गई।

फिर एक लौ जली। सपने में पोपलर और नहर दिखे। एक पोस्टर पर बने शहर की तरह का दृश्य बन और बिगड़ रहा था।

पहली बार नौकरी करने उस सँकरे से शहर गया था। चारों तरफ सुन्दर नहरों का जाल था। हरहराती हुई नहर की दुनिया में वह खो गया था, जिसकी कल्पना उसके गाँव में कोई कर ही नहीं सकता था। वो नहर गँदले पानी की छिछली और कुछ दिन की बहती धारा नहीं थी, बल्कि आसमान के रंग को खुद में घोलकर प्रवाह से बहती हुई गंग नहर थी। उसके किनारे पतले-पतले पोपलर के पेड़ थे। ये पेड़ उसके गाँव के पेड़ों से अलग थे। इन पर पूरा पतझड़ आता था और पूरी बहार। जब पतझड़ आता तो पतली टहनियाँ अनावृत हो जातीं, एक हरी पत्ती नहीं रहती जो उनके पतझड़ को आस दे कि बहार आएगी। लेकिन एक धूप का कतरा धीरे-धीरे उसमें बसता है और नन्हीं टहनियों के बीच हरी चमक लेकर कल्ले फूट पड़ते हैं। फिर पेड़ पर बहार यूँ छाती है कि उसे याद न पड़ता कि कभी यहाँ से बहार दिखाई भी न देती थी। उनसे थोड़े दूर पर आम के बाग थे।

शहर का हिस्सा आर्मी और आईआईटी में बँटा हुआ था। वो सँकरा इसलिए कहता था क्योंकि इसके बाद भी सड़कें पतली थीं और उनसे चिपककर मकान और होटल बने थे। सड़कों पर तेजी से गाड़ियाँ गुजरती थीं। बाजार भी इन्हीं सड़कों से चिपककर खड़े थे। वो रात को पहुँचा था वहाँ।

उसके पहले पता नहीं उसने रुड़की नाम की जगह सुनी थी कि नहीं लेकिन हरिद्वार जानता था। उसको काम मिला 'आर्चीज गैलरी' में। ये काम बिजेन्द्र यादव ने लगवाया था। वो आईआईटी की लैब में काम करते थे।

आर्चीज की दुकान में तरह-तरह की चीजें थीं। दुकान सजी भी बहुत सुन्दर तरीके से थी। दुनिया भर के कार्ड थे। नया साल मुबारक के कार्ड, जन्मदिन के कार्ड, आई लव यू से लेकर टीचर्स डे, मदर्स डे के कार्ड। इस दुनिया में मुबारकें सजी थीं। मुनीश की दुनिया में मुबारकें बहुत कम थीं।

चच्चा राम राम...चाची पाँय लागी...

लेकिन किसी को शादी की सालगिरह की बधाई देनी है या माँ को मदर्स डे का कार्ड देना है, उसने सोचा ही नहीं था। वैसे भी उसने किसी तरह करके नौवीं तक की पढ़ाई की थी। वह उतना स्कूल भी नहीं गया था कि लड़के-लड़कियों की दुनिया देखता। ऊपर से उसके स्कूल में लड़के-लड़कियाँ अलग-अलग बैठते थे। अलग-अलग सड़क पर चलते थे। अलग-अलग खाना खाते थे। लड़कियाँ स्कूल के मैदान के जिस हिस्से में बैठती थीं, उसे पंचवटी कहा जाता था। वहाँ के रखवाले बितानू यानी सूर्यनारायण मिश्र थे। लड़के-लड़कियाँ एक-दूसरे को कनखी से देखते थे। उसने इंटर कर रहे लड़के-लड़कियों के किस्से भी सुन रखे थे। इससे ज्यादा उसे कुछ खास पता नहीं था।

कक्षा पाँच की बात है, ननिहाल गया था। वहाँ खेत हेंगाया गया था, हल जोतने के बाद समतल हुआ था। उसी खेत में बच्चे खेल रहे थे, वहीं पर एक लड़के ने उसे पम्पिंग सेट की ओर बुलाया था।

वह भाग कर गया। लड़का उससे कुछ ही साल बड़ा था, उसने उससे कहा कि सिक्का चाहिए तो पैंट उतार। उसके इलाके में पेन की रिफिल को सिक्का कहते। मुनीश को अब भी सिक्के की लालच में पैंट उतारना याद है। उसको याद करके मन ग्लानि से भर जाता है। घर आकर उसने किसी को कुछ नहीं बताया। इश्क-मोहब्बत से पहले उसकी दुनिया में बहुत कुछ आ चुका था।

गाँव में लड़कियाँ उसकी दोस्त नहीं थीं, वहाँ पर लड़कियों की गोल अलग थी।

यहाँ तो लड़के-लड़कियों का जमघट लगा रहता था। लड़कियाँ उसकी दुकान पर 'विंड चाइम' देखती थीं। हवा से टकराकर के विंड चाइम की घंटी जब बजती थी तो लगता था कि जैसे खुशियों की आहट है। वह सपने में देखता था कि एक दिन एक घर उसका अपना होगा और उसके बरामदे में वो इन हवाओं का संगीत लगाएगा। दुकान का मालिक कई बार उसको विंड चाइम छूने से मना कर चुका है।

"साले तू इसको क्यों छूता रहता है?" दुकान के मालिक ने डपटकर कहा, लेकिन उससे रहा नहीं जाता है।

दुकान में उसका काम झाड़ने-पोंछने और सामान दिखाने का था। वह उन सबको देखता रहता था। आने-जानेवाले सभी लड़कों-लड़कियों को। उनके हाव-भाव, तौर-तरीके सब कुछ। उनके हाथ कितने साफ लगते हैं। कभी-कभी जब दुकान बढ़ाकर सब वापस जाते तो वह ढाबे पर किसी छात्र की तरह हाव-भाव करके खाना आर्डर करता जैसे वो दुकान में काम करनेवाला कोई मामूली कारिन्दा न होकर आई.आई.टी. रुड़की का छात्र हो। अगर ढाबे वाला बिना किसी ना-नुकुर के उसे सलाद परोस देता और पानी रख देता तो उसे बड़ी ही खुशी मिलती थी।

यहीं पर एक बार किसी लड़के से उसकी जान-पहचान हो गई। विक्रम चौहान से, वह मुरादनगर का था। पढ़ने में होशियार और शक्ल-सूरत से भी आकर्षक। विक्रम उससे हँसकर बात करता था। रुड़की छोटा-सा कस्बा था। एक दिन विक्रम, मुनीश को बाहर मिल गया। उसी ने आगे बढ़ मुनीश से कहा—"क्या भाई क्या हाल है?"

"बढ़िया सर। आप ठीक हो?"

विक्रम चाय पीने सड़क तक आया था, उसने मुनीश को भी बुला लिया। बहुत दिनों बाद मुनीश को किसी ने इस तरह चाय पर बुलाया था।

मुनीश ने पूछा—"आप लोग एक जैसा टी-शर्ट कैसे पहनते हो?"

विक्रम ने बताया—"ये डिपार्टमेंट के फेस्ट की टी-शर्ट है।" फिर उसने कुछ सोचकर कहा—"चल भाई तेरे लिए भी ले आऊँगा।"

मुनीश ने पढ़ने-लिखनेवालों को अपनी दुनिया में सम्पृक्त देखा था। उसने देखा था कि कैसे धीरे-धीरे लोग सबसे अलग हो जाते हैं, लेकिन विक्रम को देखकर उसको फिर से पढ़ने का जी करने लगा। रुड़की में विक्रम ही उसका कच्चा-पक्का दोस्त बन गया था।

वह कभी-कभी चाय की दुकान पर आता, वहाँ एक बिल्ली को देर तक दुलराता रहता था। बिल्ली भी अपनी पूँछ समेटकर, दुलार में एक अँगड़ाई लेने लगती थी। विक्रम उसको भी दस रुपये का दूध पिलाता था। मुनीश ने बिल्लियों को इतने नजदीक से कभी नहीं देखा था। उसने कुत्ते को ही छुआ था, बिल्ली को भी प्यार किया जा सकता है, ये समझना उसके लिए नया था। जब विक्रम बिल्ली को दुलारता तो उसको अपने बचपन का कुत्ता कालू याद आता था। कालू और भानू एक ही कुतिया से पैदा हुए थे। कालू को मुनीश ने परचा लिया था और भानू को छोटकी बिट्टी ने। छोटकी बिट्टी घर-घुमनी थी, ऐसा सब लोग कहते थे। सुबह हुई नहीं कि वो किसी-न-किसी के घर पहुँच जाती थी। उसका कुत्ता भानू भी घर-घुमना था। बिना चार घर गए दोनों का पेट नहीं भरता था।

"जानते हैं, वो अपने कुत्ते को जाड़े में फ्रॉक और स्वेटर पहना कर घुमाती थी, बिट्टी भी झिलंगा स्वेटर पहने रहती थी और उसका कुत्ता भी। बिट्टी को खूब जुइँ पड़ी रहती थी। अम्माँ समझाती थीं कि बिट्टी बहुत झबरी है, उससे सट के न बैठा करो भइया, तुमको भी जुइँ पड़ जाएगी। उसके कुक्कुर को भी किलनी पड़ी है।"

मुनीश विक्रम को बता रहा था कि "एक दिन हम बिट्टी के सिर में गमकस्सीन डाल दिए थे। हमको लगा कि भैंस की जुइँ निकालने के लिए डालते हैं तो शायद इसकी भी जुइँ कम हो जाएगी। बिट्टी पूरे आँगन में घबराहट से नाचने लगी। अम्माँ जल्दी-जल्दी उसके सिर पर पानी डालीं, तब जाकर उसका माथा पटाया।"

विक्रम, मुनीश के गाँव की बात सुनकर हँसने लगता है।

मुनीश थोड़ा-सा सकुचाकर कहने लगता है कि "ये तो बचपन की बात है भइया। हमारा तो कालू नहीं रहा। हमारा कालू बहुत मोही था, एक दिन अम्माँ शहर जा रही थीं, पीछे-पीछे बाजार चला गया। कहते हुए आँख से टप-टप आँसू बह रह रहे थे। अम्माँ समझा रही थीं कि घर लौट जाओ लेकिन माना नहीं। वहीं ट्रक से एक्सीडेंट हो गया।"

विक्रम को मुनीश से बात करके अच्छा लगता था। दुकान पर ज्यादातर स्टुडेंट्स ही आते थे। आई.आई.टी. में एक से बढ़कर एक लड़के थे लेकिन विक्रम भी उनसे बहुत खुल नहीं पाता था।

विक्रम ने अपने डिपार्टमेंट की एक टी-शर्ट उसे पहनने के लिए दे दी, मुनीश को लगा कि उसे सब कुछ मिल गया है। जीवन की बेनाम किताब पर जब कोई हर्फ उतर आए तो कुछ अलग ही लगता है। उसे वो टी-शर्ट किसी भी डिग्री से कम नहीं लगी। उसने जिस दिन वो टी-शर्ट पहनी, वो ऐसे घूम रहा था, जैसे पूरे जहान की नजर उस पर टिकी है। सब उसी को देख रहे हैं। मुनीश के बाल हलके घुँघराले थे, उसने अपने बालों को भी विक्रम की तरह सँवार लिया था। उसने देखा था कि जब ये स्टुडेंट्स अपने घर जाते हैं तो पानी की बोतल और अखबार जरूर रखते हैं।

मुनीश जब से काम पर लगा है, पहली बार उसे गाँव जाना है।

स्कूल में उसका जी नहीं लगता था। घर पर साहेब बुरी तरह ताना देते थे। ऐसे में जब उसको पता लगा कि अहिराने के कुछ लड़कों का काम बिजन्दर चच्चा ने लगवाया है तो वो भी पहुँच गया। वैसे भी कुदना अम्माँ उसको बहुत मानती थीं और पूरे घर का हाल जानती थीं। उन्होंने ही साहेब से कहा कि इहाँ रहेगा तो लौंडा-लफाड़ी में लग जाएगा, बाहर जाएगा तो कुछ काम सीख जाएगा।

साहेब को बाद के दोनों लड़कों से कुछ खास लगाव नहीं था। मुनीश उनको देखकर भागता था और छोटा लड़का तो पूरी उमर एक छोटे बच्चे की तरह रहा। उसका दिमाग चार-पाँच साल के लड़के से ज्यादा हुआ ही नहीं। साहेब का जुड़ाव बड़े लड़के से था, जो उनकी बहन के यहाँ कायदे से पढ़ाई कर रहा था।

मुनीश के लिए गाँव ऐसी दुनिया थी, जिससे वह दूर भी होना चाहता था लेकिन उसकी आत्मा भी वहीं बसती थी। गाँव जाने के नाम से उसके दिमाग में छोटकी बाग, महातम बाग का सपना आने लगा था। उसने विक्रम को बताया कि उसके गाँव के बाग में खरबुजहवा आम फलता है। वह है तो ठाकुर लोगों का लेकिन उसका गाँव नजदीक है तो उसी के गाँव के बच्चे चुराकर वो आम खाते हैं। ऐसा आम तो यहाँ होता नहीं है।

सोलहवें साल में तैरता मुनीश साठ साल के बूढ़े की तरह डूबकर अपना घर याद करता था। वह जब भी देखता कि कोई स्टुडेंट अपने घर जा रहा है तो उसका दिल धड़कने लगता। उसे लगता कि वो कल ही अपने घर चला जाए।

वह रात को सपने में देखता है कि कैसे वह रेलगाड़ी से उतरा है, उसने गाँव के लिए जीप पकड़ी है, गाँव के सीवान पर कोई मिलता है और कहता है—"अऊर कहाँ रह्या राजू!"

"हम रुड़की अही।"

"बहुत बढ़िया।"

रिजर्वेशन कराने में अगर पैसा खर्च कर दिया तो बाकी कैसे करेगा। मुनीश जनरल बोगी में बैठ गया। उसने एक काले रंग का पिट्ठू लिया था और डिपार्टमेंट की टी-शर्ट पहने हुआ था। स्टेशन से टाइम्स ऑव इंडिया लिया और बिसलरी की बोतल। अंग्रेजी का अखबार शुद्ध नकल में लिया था। बिसलरी बोतल का पानी तो वह बस सूँघकर रख देगा।

जनरल बोगी में टीटी सहित सबने उससे ऐसे बर्ताव किया, जैसे कि वह मजबूरी में वहाँ बैठा है। उसे कायदे से सीट मिल गई। तबसे उसने तय किया कि यात्राएँ ऐसे ही करेगा।

टीटी ने उससे पूछा—"कहाँ जा रहे हो?"

"सर बनारस में बहन की इंगेजमेंट है।"

टीटी ने उससे कहा—"एस सेवन में तैतीस नम्बर सीट है, आप वहाँ जाकर बैठ जाओ और इशारे से कहा कि मैं वहीं आऊँगा।"

कभी-कभी जो आप नहीं होते हैं और कोई और होने का नाटक कर रहे होते हैं। कितना सुखद होता है। उतनी देर के लिए अपने जीवन का दबाव, उसकी कोई दुश्चिन्ता, उसके हर तरह के मान-अपमान से मुक्ति मिल चुकी होती है। मुनीश को भी उतनी देर के लिए लगा कि वह गाँव का निठल्ला लड़का नहीं है। उसे यह भी नहीं लगा कि वह हाईस्कूल फेल है और यह भी नहीं लगा कि वह दुकान में काम करनेवाला लड़का है, जिसका काम पहले दुकान की साफ-सफाई, फिर जाकर कुछ और है।

आर्चीज की शॉप में काम करना उसका सबसे प्रिय अनुभव था। उसको सबसे अच्छा तब लगता था, जब लड़के-लड़कियाँ उसकी दुकान में देर तक गिफ्ट देखते थे। वो इस बहाने खुद भी गिफ्ट देखता था। दुकान में म्युजिक वाला नये साल का कार्ड था। उसको खोलते ही 'तुझे देखा तो ये जाना सनम' की धुन बजने लगती थी। एक और कार्ड था जिसके अक्षर अँधेरे में जाते ही चमकने लगते थे।

एक दिन उसने विक्रम से बताया—"मेरे पापा सेना में थे, मेरा बड़ा भाई प्रोफेसर है...।"

यह बताने के बाद वह खुद ही थोड़ा शर्मिन्दा हो गया। उसे लगा कि वह विक्रम पर थोड़ा रुआब दिखाना चाहता है। सम्मान पाने की चाहत उसे खुद से दूर करती गई। यह एक ऐसी पहचान थी, जिससे वह दूर भागता था। वह इस पहचान की हकीकत जानता था लेकिन कई बार वह खुद भी उसी से पहचाना जाना चाहता था।

वह अकेले में भी कुछ और होने का नाटक करता और जितना ये नाटक करता गया, उतना ही तनहा होता गया। उसने पाया कि वह जितना अपने भाई और पिता का रुआब दिखाने की कोशिश करता था, वह विक्रम से भी उतना ही दूर हो गया था। विक्रम वैसे भी अपने डिपार्टमेंट के काम में व्यस्त रहने लगा था। जहाँ तक रुआब की बात थी तो विक्रम और मुनीश के जीवन में जमीन-आसमान का अन्तर था। मुनीश को समझ नहीं आ रहा था कि उससे कहाँ गलती हो रही है।

छह

'यू कैन चेंज इवरीथिंग, बट कैन नाट चेंज योर एनसेस्टर्स, योर रूट्स।' इस विषय पर मैंने बहुत सोचा है। कुल मिलाकर इस विषय पर पी-एच.डी. कर ली है। अब यह नहीं पूछिएगा कि पी-एच.डी. करके क्या समझ आया है? और उसका इस कहानी से क्या रिश्ता है? इसका बहुत गहरा रिश्ता है।

पाँचवीं मिस्ड कॉल है। वह नम्बर कुछ पहचाना-सा है। दिमाग में जो नाम आ रहा है—उसी का है।

"पूरे पाँच साल हो गए लेकिन उस आदमी को यह समझ नहीं आया कि मैं ये नम्बर सेव नहीं करना चाहता हूँ, फिर भी हर बार फोन कर ही देता है।"

केबिन में बैठे-बैठे प्रोफेसर साब यही सोच रहे थे। थोड़ी देर में मीटिंग है, उन्हें मीटिंग की भी तैयारी करनी है, मीटिंग महत्त्वपूर्ण है, उन्हें इस मीटिंग में प्रो वीसी का चार्च सँभालना है, उन्होंने कभी इस पद की कल्पना नहीं की थी। लेकिन फोन का बार-बार आना उनको बहुत ही अलग तरह से परेशान कर रहा था। कितना मुश्किल होता है, कुछ रिश्तों से पीछा छुड़ाना।

"यू कैन चेंज इवरीथिंग, बट कैन नाट चेंज योर एनसेस्टर्स, योर रूट्स..."

पूरी कक्षा उन्हें ध्यान से सुन रही थी।

टु फास्टर योर आइडेंटिटी, यू नीड टू नरिश योर रूट्स...

वह राजनीति विज्ञान की कक्षा में कुछ मनोविज्ञान की बात कर रहे थे। वैसे उनकी कक्षा में खूब भीड़ रहती थी। उनके पढ़ाने का अन्दाज निराला था। बातों-बातों में उन्होंने बताया कि कैसे नीदरलैंड से लेकर मारीशस और त्रिनिदाद टौबैको तक के लोग अपनी भारतीयता नहीं भूले हैं?

फिर उन्होंने बताया कि अभी हाल में नीदरलैंड की एक महिला का उनके पास फोन आया कि 1887 में उसके दादा-परदादा भारत से नीदरलैंड मजदूरी करने आए थे, और यहीं रह गए। वापस नहीं जा पाए। उसके दादा जब तक जिए, कहते रहे कि भारत में हमारे गाँव में कुआँ नहीं था। हम अपना वतन छोड़कर अंग्रेजों के साथ इसलिए आए कि वो हमारे गाँव में कुआँ खुदवा देंगे। अपने जीते जी उसके बाबा भारत वापस नहीं आ पाए। अब वो लड़की भारत के बाराबंकी के गाँव में कुआँ खुदवाना चाहती है। इसे कहते हैं—अपने संस्कारों के प्रति लगाव। किसको पड़ी है कुओं की।

पूरी कक्षा उन्हें ध्यान से सुन रही थी। कक्षा के समाप्त होते ही वो वापस अपने केबिन में आ गए। फोन उठाकर देखा तो दो मिस्ड काल पड़ी थी।

तब से अब तक पाँच मिस्ड काल हो चुकी है। उन्होंने मन-ही-मन सोचा—"नहीं उठाऊँगा फोन, क्या बतियाएँगे? इन लोगों को समझ नहीं आता कि सबके पास इनकी तरह फुर्सत नहीं होती है।"

लेकिन चाह कर भी वो इस मिस्ड काल से पिंड नहीं छुड़ा पा रहे थे। हमेशा की तरह उन्होंने गुनगुना पानी मँगवाया, उसमें लौंग डाली और आहिस्ता-आहिस्ता पीने लगे।

मीटिंग का समय हो गया था। अजेंडा उनके पास पहले से ही था। मीटिंग में वीसी समेत कई सीनियर प्रोफेसर आए थे। मीटिंग शुरू नहीं हुई थी कि उससे पहले ही लोग प्रोफेसर दुबे को शुभकामनाएँ देने लगे।

हमेशा की तरह संयत होकर प्रोफेसर दुबे ने सभी की शुभकामनाएँ स्वीकार की, फिर उनका ध्यान अचानक से फोन की ओर गया, सातवीं मिस्ड काल थी।

दरअसल कल ही ऐसा कुछ हुआ था, जिससे दिमाग में एक खटका-सा लग गया था। कल शाम को वीसी साब उनके घर आए थे। जोन्हरी (ज्वार) का दाना भुनवाकर आया था और लहसुन-नमक कूटकर प्लेट में रखा था। जोन्हरी का दाना एक बड़ी ही सुन्दर मौनी-मूँज की टोकरी में रखा था। वीसी साब कोंकण के थे। उन्हें पूरब की संस्कृति से परिचित कराना था। पूरे माहौल में सौहार्द और बचपन की स्मृतियाँ घुली-मिली थीं। वीसी साब ने कहा कि पहले जब आम्रखंड मिल जाता था तो हमें लगता था कि मानो देवता सीधे उतर कर अमृत दे रहे हों। वह बोल ही रहे थे कि तभी प्रोफेसर दुबे के फोन की घंटी बजने लगी।

प्रोफेसर साहेब ने फोन उठाया।

"हैलो भइया हम बोल रहे हैं।" दूसरी तरफ से बहुत क्षीण आवाज आ रही थी।

"बोलो..."

"भइया हम सच कह रहे हैं, हमारी तबियत बहुत खराब है। हमको किसी डॉक्टर को दिखा दीजिए।"

प्रोफेसर साब ने संयत होकर जवाब दिया—"ऐसा करो अपनी भाभी से बात कर लो। अभी हम किसी मीटिंग में व्यस्त हैं।

दूसरी तरफ से हाँफती हुई आवाज थी।

"भइया, हमने भाभी को कल ही फोन किया था।"

"अच्छा, चलो ठीक है। फिर बात करते हैं।" यह कहकर उन्होंने फोन साइलेंट मोड में डाल दिया।

तब से चौबीस घंटे बीत गए लेकिन उन्होंने उस नम्बर पर फोन नहीं किया। अब सुबह से एक दूसरे रिश्तेदार के नम्बर से फोन आ रहा है। यह शहरों की दुनिया अजीब होती है। गाँव के तमाम घरवासी यहाँ रहते हैं लेकिन उनसे मिलने कौन कहाँ जाता है। कोई यहाँ गार्ड है तो कोई चपरासी तो कोई

टेंट हाउस के लिए ठेला खींचने का काम करता है। किसी की पत्नी घरों में खाना बनाती है। गाँव में सबसे मिलते समय तकलीफ नहीं होती है लेकिन शहर में मिलने में अजीब लगता है।

डॉक्टर साब की अपनी दुविधा थी। वह चाह कर भी मंडली में दिल नहीं लगा पाए। दिमाग में एक खटका-सा लगा रहा।

उनका दिमाग बार-बार कहीं और खिंचकर चला जा रहा था।

ये नाल भी कैसी चीज है...जन्म लेते ही काट दी जाती है लेकिन कहाँ कट पाती है।

माँ से तो तब ही कट जानी चाहिए थी लेकिन कहाँ कट पाई। सारी उम्र वो पीछा करती रही।

गाँव से कहाँ कट पाई, जब-तब कोई नाल की कोई एक नस की याद दिला देता है।

प्रोफेसर जितना रूट्स और आइडेंटिटी की बातें करते थे, उतना ही अपनी अदृश्य नाल काटकर फेंक देना चाहते थे। यह प्रक्रिया भी बड़ी तकलीफदेह थी। हर बार स्मृतियों की नाल काटते समय उनकी उँगलियाँ जख्मी हो जाती थीं। वह इस काम के इतने बड़े एक्सपर्ट नहीं थे, जितना वह खुद को समझते थे।

वह शुरू से अपने घर पर नहीं रहे थे। बुआ के यहाँ रहकर पढ़ाई-लिखाई हुई थी। गाँव में दो भाई थे—मुनीश और सुमेश। मुनीश से उनको खासा लगाव था। सुमेश दिमाग से बच्चा था, उसने आगे की पढ़ाई-लिखाई नहीं की। उसको सिर्फ अपने खाने और खेलने से मतलब था।

पिता से खासा लगाव था प्रोफेसर दुबे को, वे उन्हीं से बात करते थे। साल-भर पहले उनको फालिज मार गया और खतम हो गए। तब से गाँव जाने का मन ही नहीं करता है। अम्माँ जैसी थीं, वैसी ही हैं—चुपचाप। घर की देखरेख सुमेश की पत्नी करती है। मुनीश की शादी तो नहीं हुई

लेकिन सुमेश की हो गई है, रिश्तेदारी की ही लड़की है। गरीब घर की लड़की है, दूसरी शादी हुई है। उसकी पहले पति से एक बेटी है, वो नाना-नानी के साथ रहती है। सुमेश की पत्नी घर सँभाल ले रही है। अम्माँ की पेंशन है।

ऑफिस में बैठे-बैठे उनका दिमाग कहीं से कहीं की यात्रा करता रहता था। कल ही वीसी साहेब से गाँव की बात हो रही थी, कटहल के कोए के बारे में। बात कोंकण के कटहल से चल निकली थी। वीसी साहेब ने बताया कि उनके यहाँ कटहल के पके कोए बड़े शौक से खाए जाते हैं।

उसी बातचीत के दौरान प्रोफेसर तिवारी के मुँह से निकला—सर हमारे यहाँ के कोए खाकर देखिए। तब से प्रोफेसर का मन भाग कर स्मृतियों की गन्ध में फँस गया है। वह उससे पीछा नहीं छुड़ा पा रहे हैं। ऐसे लगता है, वह गन्ध कटहल से नहीं स्मृतियों में बसे चित्र से आ रही है।

उस दिन छक कर पानी बरसा था। तभी परदेसी बाबा बड़ा-सा कटहल तोड़कर लाए थे। सब लोग ओसारे में बैठे थे, कटहल फोड़ा गया। यह गमकौआ कटहल था, इसकी महक जैसे इलाइची घुला पान हो। छोटे-छोटे कोए पर खूब सारा गुज्झा पड़ा था। दादी सबको महुए के पत्ते पर कोआ दे रही थीं।

पड़ोस की मधुजामी देई ने टोक लगाई—"तोहरे इयाँ त बहुत कटहल फरतथ।"

दादी ने तुरन्त ही टोक को टोक दिया। उनका मानना था कि किसी चीज के कह भर देने से वह चीज फलती नहीं है। उसमें टोक लग जाती है। यहाँ तक कि अगर घर में गोईठा यानी पनगोझा यानी उड़द को गेहूँ-चावल के आटे में भरकर भाप में पकाया जा रहा हो तो वह उसका नाम नहीं लेने देती थीं।

बच्चे पूछते—"आजी काउ बनत बर यानी आज क्या बन रहा है?"

दादी बदले में जवाब देतीं—"अरे, उहय, जौन पानी में डार के बनथ, यानी वही जो पानी में डालकर बनता है।"

बच्चे चिढ़ाते हुए पूछते—"अरे, आजी काउ पानी में डार के बनत ब? यानी, आजी पानी में डालकर क्या बन रहा है?"

"अरे, उहहै, जैम्मे उरदी पीस के डार जाथ।" दादी कहतीं, "वही, जिसमें उड़द पीसकर डाली जाती है।"

बच्चे ठी-ठी करके हँसने लगते हैं। दादी कभी भी पनगोझा नहीं कहती थीं, उन्हें डर लगता था कि पहले कहने से उसका स्वाद बिगड़ जाएगा।

बारिश के समय ही दादी को सबके साथ बैठने की फुर्सत मिलती थी। उन्होंने सबको समझाया—"राग-रसोई-पागड़ी कभी-कभी बन जाए।"

यानी राग, रसोई और पगड़ी कभी-कभी ही सही से बनती है। उसको टोक नहीं लगानी चाहिए।

वह छोटी-छोटी टोक और टोक के तोड़ से अपना काम चलाती थीं। जब मधुजामी देई ने उनके इकलौते और पाँच घर के साझे कटहल के पेड़ की तारीफ की तो उनका दिल धक से रह गया।

कहने लगीं—

कटहर के उठवन कटहर के बैठन
कटहर के सोलह सिंगार।
जब कटहर मोरे द्वारे आए
ओनही के आरति उतार॥

निशाना दुहरा था, बाबा भी कटहल के एक प्रकार में शामिल हो गए थे। "बहिनी नजरियावा जिन...।" यानी, नजर न लगाओ।

सारे लोग जोर-जोर से हँसने लगे। बाबा कहने लगे—"तो, तो का हम कटहर हई।"

दादी ने अपना मुँह आँचल में दबा लिया।

प्रोफेसर ऑफिस की कुर्सी पर बैठे-बैठे ही मुस्कुरा उठे। अगर स्मृतियों को काट-छाँट के फिर से कहीं बिठाने का तरीका होता तो वह जरूर करते। वह कई-कई बार ऐसा करते थे लेकिन हर बार कटाई-छँटाई अच्छे से नहीं कर पाते थे। अचानक से उनके दिमाग में एक चेहरा कौंधा और एक कँपकँपी छूट गई। अगर उनका बस चलता तो वह कुछ भी करते, बस उस दुनिया से पीछा छुड़ा लेते। वैसे वह जाने कब से, शायद तब से, जब उनकी रेख फूटी, तब से बस पीछा छुड़ा रहे हैं।

यूनिवर्सिटी के पास एक गोल्फ का मैदान पड़ता है। आज उनका जी नहीं किया कि सीधे घर जाएँ। वह सीधे गोल्फ पार्क के रेस्तराँ में चले गए।

गोल्फ का मैदान हरी चादर ओढ़कर पसरा है...आराम से चहलकदमी करते हुए एकाध लोग गोल्फ खेल रहे हैं। कई बार कितनी जरूरत होती है, तरह-तरह से खटर-पटर से भाग कर जीने की। अब तो लगता है कि चिड़ियों का भी क्लास होता है, किसी के हिस्से में साउथ दिल्ली का पेड़ आया तो किसी के हिस्से में नार्थ वेस्ट दिल्ली का। कोई शान्त चौड़ी सड़कों के किनारे खड़े पेड़ों पर कलरव करती हैं तो कोई शोर-शराबे से भरी दुनिया में अपनी आवाज सुनने के लिए तरसती हैं...।

गोल्फ के मैदान में खामोशी पसरी है। उसे चीयर करनेवाले लोग नहीं हैं। ज्यादा लोगों को यहाँ आने की अनुमति नहीं है।

पूरे मैदान के किनारे लिली, डहलिया, पेंसी, गुलदाउदी बड़े ही करीने से लगे हैं। ये एक दुनिया में सब कुछ इतना अनुशासित कैसे होता है! जैसे फूलों की कतार, उसके उतार-चढ़ाव और वहाँ रहनेवाले लोग।

उस चिड़िया को कैसा लगता होगा, जब उसे दूर-दूर तक कोई आसमान नहीं मिलता होगा। कैसा लगता होगा, जब वह किसी पेड़ की शाख पर बैठती होगी और बाकी चिड़िया शोर मचाने लगती होंगी कि भागो यहाँ से! इस धक्का-मुक्की में कम चूँ-चूँ करनेवाली

चिड़िया कितना घबरा जाती होगी। क्या ऐसा होता होगा कि किसी को पेड़ की कोई शाख न मिले और आसमान में चक्कर काटते-काटते थक जाए? उसके पंख निढाल हो जाएँ और वह आसमान से टपक जाए।

प्रोफेसर साहेब चुपचाप बाहर देख रहे थे। फोन हाथ में लिया। सात मिस्ड काल पड़ी थी। उन्होंने फोन वापस जेब में रख लिया।

सात

झिमिर-झिमिर बारिश हो रही थी। ठंड से गलन बढ़ गई थी। मन्दिर के पास से भक्त जा चुके थे। नाले का भभका, पानी बरसने से कुछ अलग तरह का लग रहा था। लाल अंगार आँखोंवाला आदमी उठ के चला गया था। आसपास के रिक्शे वाले छँट चुके थे।

इस मौसम में किसी के दिमाग में दृश्य आ-जा रहे थे। वह तय नहीं कर पा रहा था कि वो कहाँ हैं? सपने में या कहीं और। उसे महसूस हुआ कि उसके ऊपर कोई चादर ओढ़ाई गई है या उसके दिमाग ने उसे फिर किसी दृश्य में ठेल दिया है।

शाम होते ही द्वार पर खाट पड़ गई है। एक लाइन से कई खटिया लगी हैं। सूरज देवता की आँख मुँद रही थी। देर तक जागने से उनकी आँखें कड़ुवा के लाल हो गई हों जैसे। भला ही हो कि सो जाएँ। मानो उन्होंने किसी की सलाह मान ली हो और फट से सो गए हों। चाची दरवाजे पर लालटेन लेस गईं। बत्ती का क्या भरोसा, वह तो जादू की तरह आती-जाती है।

बड़े भइया एक झिलंगी-सी खटिया पर लेटकर मुनीश को झूला झुला रहे थे, फिर उन्होंने मुनीश को पेट से पाँव पर रख के उठा दिया। मुनीश को अंटा-घंटा और पुलुलूलु वाला हिस्सा बहुत अच्छा लगता था। भइया झुला रहे और साँस भर के गा रहे थे—

अंटा-घंटा,
कौड़ी रुपया...

पूलूलू...भइया ने मुनीश को जोर से उछाला। उसके पेट पर दोनों पाँवों की गद्दी बनाकर बिलकुल ऊपर तान दिया। भइया ही तो एक थे, जो उसे इतने प्यार से खिलाते थे। बड़े भइया को साहेब ने उस घटना के बाद अपनी बहन के घर भेज दिया था। भइया उस वक्त कक्षा एक में गए ही थे।

मुनीश उनसे ग्यारह साल छोटा था। भइया कभी-कभी आते थे, तब मुनीश को लगता था कि वो कभी न जाएँ लेकिन भइया का जैसे यहाँ जी घबराता था। वह कभी भी चार दिन से ज्यादा नहीं रुकते थे। मुनीश ने देखा था कि भइया और साहेब आपस में बात करते हैं लेकिन बहुत हँस के नहीं करते हैं, भइया तो अम्माँ से भी हँसकर बातें नहीं करते थे।

अम्माँ बड़े भइया का साहेब की तरह खयाल रखती थी। उनसे कम बोलती थीं लेकिन जब वो आते थे तो उन्हीं की नींद सोती-जागती थी।

बुआ भी दशहरे पर गाँव आ रही थीं, पूरे घर में चहल-पहल मच गई थी। वैसे तो दशहरे के आगे-पीछे रामलीला पड़ता है और पूरे गाँव के जुटान का मौका होता है। छोटकी बाग की सफाई होती है। गड़ही के किनारे पाटा जाता है। सबके घर से साड़ी पैसा माँगा जाता है।

साँझ उतर रही थी, बाहर शीत गिरनी शुरू हो गई है।

हाहाकार मचा कर बन्दर।
कूद पड़ा लंका के अन्दर

पड़ोस का एक बच्चा रामलीला के संवाद दुहरा रहा था और एक चारपाई से दूसरी चारपाई पर कूद रहा था। इसी बीच दूसरी पटिया पर से उसका पैर फिसल गया और वह धड़ाम से गिरा और जोर-जोर से रोने लगा। बच्चे का नाम सब लोगों ने दुर्वासा रखा है। क्योंकि वो बहुत गुस्सैल है। अब तक दुर्वासा किसी और की वजह से गिरे होते तो अपने क्रोध से किसी-न-किसी को पीटकर या कुछ-न-कुछ फोड़कर क्रोधाग्नि से सबको भस्म कर देते लेकिन

वे गिरे अपनी गलती से थे। बाहर पड़ी ढेरों खटिया-मचिया में से किसी ने उन्हें गिरते देखा, लेकिन डर के मारे नोटिस नहीं लिया।

मुनीश के घर से आज लोग रामलीला देखने जाएँगे। मुनीश ने अपना बोरा बिछाकर जगह छेक ली थी। मुनीश को ये काम करने में बहुत अच्छा लगता था। बुआ और भइया की नजर से मिली प्रशंसा से पूरा दिन खुश रहता था। गौरी का रोल इस बार बिरेन्द्र को मिला है, उसके चेहरे पर इतना दाना है कि पाउडर पोतने के बाद भी दिख रहा है। इस बार गौरी का रोल करनेवाले शिवाय सिंह बम्बई से आए तो हैं लेकिन शरीर से पूरी तरह टूट गए है। दिन-भर खाँसते रहते हैं।

शिवाय सिंह के नाना की वजह से गाँव में प्राइमरी स्कूल बना था। उन्होंने अंग्रेजों के खिलाफ लड़ाई लड़ी थी। इतना ही नहीं, उन्होंने अपनी बेटी सुनैना को घर भी दिया था। सुनैना पूरे गाँव की बुआ थीं। लेकिन उनके बच्चे सँभल नहीं पाए। परिवार का समाज में तो नाम था लेकिन घर की हालत मजबूत नहीं थी। बमुश्किल दो बीघा जमीन बची थी और चार लड़के तथा तीन लड़कियाँ थीं। उन्हीं में से एक थे शिवाय। गाँव में जब तक थे, तब तक खूब खिलन्दड़ जीवन रहा लेकिन खिलन्दड़ी करके रोटी कहाँ से मिलती है। तीन साल पहले अट्ठारह बरस के भी नहीं हुए थे कि प्रमोद बाबू के सहारे बम्बई चले गए। प्रमोद बाबू बम्बई में गोदी में काम करते थे,उन्होंने गाँव के कई लड़कों की गोदी में नौकरी लगवाई थी। शिवाय गोदी में मजदूरी करते थे, लेकिन न मालूम क्या हुआ कि शरीर झरने लगा।

जब कोई शहर में बीमार पड़ता था तो शहर उसे गाँव भेज देता था। शिवाय आए हैं लेकिन उनकी हालत नहीं है कि गौरी का रोल कर पाएँ। शिवाय जब छोटे थे तो गाँव में बच्चों के बीच बहुत ही प्रसिद्ध थे। कबड्डी हो या खो-खो या फिर चिल्होरपत्ती, शिवाय इस डाल से उस डाल इतनी तेजी से लटककर पहुँच जाते थे कि आदमी के बन्दर होने पर कोई शंका ही न रह जाए। मुनीश भी शिवाय की कलाकारी के फैन थे। एक माचिस की तीली तब तक जलाकर रखते थे, जब तक वह तकरीबन बुझने पर न आ जाए।

ऐसा करने में उनकी एक उँगली पर काले रंग का दाग लग गया था। वह जलने का निशान था।

शिवाय मुक्कू की तरह खोजी प्रवृत्ति के नहीं थे। मुक्कू गोबर में सर्फ मिलाकर पुरानी बैटरी जोड़कर, जीरो वाट का बल्ब लगाकर डिबरी का खर्चा बचा लेते थे लेकिन शिवाय दस रुपये की नोट को कायदे से चिमटी से फाड़ते हैं, उसमें से चाँदी के तार निकालते हैं। पता नहीं उनसे कभी चाँदी का तार बिका या नहीं लेकिन पूरे गाँव के बच्चों में उनकी धाक थी। गाँव में कोई भी प्रयोजन हो, शिवाय भरपूर शामिल रहते थे। कहीं मार हो, कोई नाच हो, उनकी उपस्थिति अनिवार्य थी।

गाँव की दुनिया में कोई तब तक हीरो रह सकता था, जब तक वह बालपन में है। बहुत ही कम लोग ऐसे थे, जिनके पास अथाह जमीन थी, भट्टा और बाग थे और मोटरसाइकिल पर दनदनाते हुए घूमते थे।

ऐसे लोग थोड़े से थे। उनमें भी छोटा हीरो, बड़ा हीरो का मामला था। विधायक जी के कौन कितना करीबी है? कौन लड़का ज्यादा लड़कों को जुटा पाता है? इससे उनकी हैसियत तय होती थी। हाथ में ढेर सारा कलेवा बाँधकर गले में अँगौछी लगाना मार्डन एटिट्युड था। उन हीरों लोगों के इर्द-गिर्द शिवाय, मुक्कु वगैरह कुछ दिन टहले लेकिन बात नहीं बनी।

गाँव में साधारण तौर पर ये अपेक्षा होती है कि लड़का परदेस जाए और नाम और पैसा कमा कर लाए। ये जमाने पहले की बात है, जब नाम कैसे मिला है, इस पर विचार-विमर्श होता था।

कुछ दिन पहले की बात है एक बड़े गैंगस्टर की माँ आँचल फैलाकर घर-घर वोट माँग रही थी। वह अमृता के घर आई थी। नन्दा से कहने लगीं कि "बहनी, खोने का दुख तुम समझती हो, अगर मेरा बेटा चुनाव नहीं जीता तो पुलिस उसको मार देगी।"

नन्दा ने सबकी तरह कहा कि वो उनके साथ है। नन्दा का दिल भारी था। सोचने लगी कि कैसे होते हैं ये बड़े लोग! अपना काम पड़ता है तो घर-घर जाकर हाथ फैला लेते हैं लेकिन उन्हीं के घर से जाकर जब कोई

हाथ फैलाता है तो उसको दुत्कार देते हैं। वह कुछ दिन पहले ही स्थानीय नेता जी के यहाँ गई थी, जहाँ जाकर उसे अहसास हुआ कि हर जगह नहीं जाना चाहिए।

रामलीला बीती नहीं कि शिवाय एकदम खटिया पर चफन गए। पूरे गाँव में हल्ला हो गया कि उनको एड्स हो गया है। कोई देखनेवाला नहीं था, फिर भी कुछ लोग दूर से देखते थे। बीसवाँ बरस पूरा नहीं हुआ कि शिवाय सिंह की मृत्यु हो गई। उस दिन के बाद से सुनैना बुआ को गाँव में किसी ने किसी दूसरे के घर नहीं देखा।

आप कहेंगे कि ये ऑफिस जा रही है और कहानी सुना रही है। आपका तो नहीं मालूम लेकिन मैं तो सीधा-सीधा नहीं चल पाती हूँ। मैंने सुना है कि बुद्धि की जाँच करनेवाले सीधी लाइन पर सीधा चलवा कर देखते हैं। भला हो मुझे ऐसी किसी जाँच से नहीं गुजरना पड़ा। सीधी लाइन पर चलते समय मेरे पैर काँपने लगते हैं। मैं इतनी सावधान हो जाती हूँ कि गिरने की हालत हो जाती है। वैसे भी ऑफिस ऐसी जगह नहीं है, जहाँ सीधे-सीधे आपके मन के पाँव चलते हैं। उसका फंडा सरल है। हमारे भीतर एक मशीन है जो सुबह चालू हो जाती है। वो आपको सीधे ऑफिस ले जाकर छोड़ेगी लेकिन मन के भीतर तो कोई बायोमेट्रिक्स मशीन नहीं लगी है ना, जहाँ उंगली रखकर टी-टी की आवाज सुननी पड़ती हो। वो तो भटकेगा।

भइया अब कालेज का छात्र है, उसको वजीफा मिलता है, सारा गाँव जानता है। गाँव के लड़कों के लिए भइया आदर्श है। अम्माँ कहती हैं कि भइया अपना दिमाग ठंडा रखते हैं, इसलिए पढ़ने में तेज हैं। वैसे मुनीश को इस बात का यकीन नहीं है। वह जानता है कि अम्माँ तेल चपोड़ने के लिए ये सब कहती हैं। लेकिन जब अम्माँ तेल धरती हैं तो अच्छा लगता है।

अम्माँ बड़े दिन बाद खोरी में तेल लेकर मुनीश को लगाने बैठ गईं। पहले उन्होंने कहा—"जाकर पाँव धोओ। पूरा पैर जना करिखा।"

मुनीश को बड़ा अच्छा लगता था। अम्माँ ने हाथ में एक छोटी-सी कटोरी बनाई तेल डाला और उसके सिर के बीचों-बीच उड़ेल दिया। चानी पर तेल जरूर धरना चाहिए।

"देख, चानी केतना झुरान ब, कुल तेल सोख लेहेस।" कह के अम्माँ सिर ठोक रही थीं।

वह हमेशा ऐसे बोलती थीं जैसे चानी यानी खोपड़ी के ऊपर वाली तली में कोई छेद है, वहाँ से दिमाग में तेल जाता हो और दिमाग कोई मशीन, जिसमें समय-समय पर तेल डालते रहना चाहिए।

कच-कच कोहरा
दूध भात लोहरा
जाटी से मोटाई आवय
कोल्हू के चकराई आवय
हींग बबा के आयु आवय
तेलवा बाढ़य पोरे-पोरे
भइया बाढ़य मुट्ठी रोज
सिल फूटै सिलौटा फूटे
महादेव के लोटा फूटै
टोनही के आँख फूटै
जे हमरे भइया के टोना लगावै
ओकर फाटे छाती
चार दिया चार बाती

चानी तर हो गई थी। माथा ठंडा हो गया था। अम्माँ ने धीरे से चादर उढ़ा दी।

"अम्माँ...हे अम्माँ..."

लाश धीरे-धीरे बुदबुदा रही थी लेकिन उसके होंठ नहीं हिल रहे थे।

बगल में बैठा आदमी प्रेत की मूर्ति बनकर बैठा था, वह प्रेत की ही तरह अछन्न हो गया। आते-जाते लोगों के लिए आज ये कम व्यस्त दिन था। ये छुट्टी जैसा दिन था। आसमान से नन्ही-नन्ही बूँदें गिर रही थीं...।

आठ

अब से सात साल पहले, मुनीश दिल्ली आया था। वह भागकर रुड़की नहीं गया। बड़े शहर में ताकत होती है कि भरी भीड़ में भारी से भारी दुख और अपराध वह छुपा लेता है। यहाँ सबके सामने रोया जा सकता है और कोई पूछेगा भी नहीं।

शुरुआत में वह कहीं और रहता था, लेकिन पिछले कुछ दिनों से दिल्ली में वो बड़ेलाल, भीख माँगनेवाली अम्माँ और सोनू के साथ रहता था। वह रहता भी मेट्रो के नीचे था। पहले ये लोग मेट्रो के नीचे नहीं रहते थे। पास में ही बसन्त गार्डन में रहते थे। बसन्त गार्डन में वो जहाँ रहते थे, वहाँ पहले बहुत बड़ा तालाब था।

"हाँ जी, भौत बड़ा तालाब था। घने पक्षी आमै थे।" एक ताऊ अब भी बताते हैं।

आसपास कॉलोनी बन गई। पहले तो कॉलोनी के डेवेलपर ने थोड़ी-बहुत जमीन घेरी, फिर किसी ने लाइन से झुग्गी बसाई और तालाब में मिट्टी पटने लगी। एक बड़ी-सी खाईं में सीढ़ीदार घर बन गए। घुच्चे-घुच्चे घर, उन पर पन्नी की छत डल गई। उसका भी किराया उठने लगा। तालाब सिमटकर चार कींकर के पेड़ में रह गया। वैसे आसपास का कूड़ा-मलबा वहाँ डलने लगा। कुछ दिन बाद वहाँ ढेर सारी गाय और बैल आ गए, जो दिन-भर पन्नी नोच-नोचकर खाते थे। कई बार तो वहीं गिरकर कराहते थे। वहीं पर अकसर ही कोई कराहते हुए पड़ा रहता था। न तो गाय-बैल को और न ही आदमी को, कोई किसी को कराहते समय नहीं छेड़ता था।

अगल-बगल के मोहल्ले में अकसर ही—'राधे-राधे रटो चले आएँगे बिहारी'—भजन लगाकर गाय की रोटी माँगनेवाला आता था। उनमें भी तीन तरह की गाड़ियाँ आती थीं लेकिन न मालूम क्यों उन्हें जरा-सी दूर पर पन्नी खाती गाएँ नहीं दिखती थीं। उन्होंने कभी भी इन गायों पर कोई तरस नहीं खाया।

बसन्त गार्डन ऐसा ही था। उसी को देखकर कहानी बनी थी कि 'अमरपाल मरि गए, लक्ष्मी बेचत रहीं ऊपला, भले हैं ठनठन गोपाल।' नाम में क्या रखा है! बहुत पहले ही कोई बड़े नाम वाला कह गया है।

अगर कायनात की कल्पना आकाश, धरती और पाताल की है तो ये पाताल-यात्रा की जगह थी। यह यात्रा ऐसी नहीं थी कि आँख मूँदकर वहाँ पहुँच जाएँ। वहाँ का पूरा एक रास्ता है। पहले पक्का रास्ता, फिर कच्चा रास्ता।

रास्ता कभी धीरे-धीरे तो कभी तेजी से नीचे की ओर चला जाता है। रास्ते में लोग रहते हैं। उनके घर होते हैं उनके बच्चे होते हैं, उनके जानवर होते हैं। उनकी खिड़कियाँ रास्ते पर लगते पाँव के पास पड़ती हैं। उनके खिड़कियों झरोखों से लोगों के पैर दिखाई देते हैं, उनके चेहरे नहीं। फिर धीरे-धीरे सड़के और ऊँची हो जाती है और इन खिड़कियों में सड़कों का मलबा भरने लगता है। वो अपने दरवाजों को सुरंग के दरवाजों की तरह बना लेते हैं, उन्हें पता है कि उनका घर नीचे और नीचे पाताल लोक में है। उनमें से कुछ कभी-कभी किसी जादू से ऊपर आ जाते हैं। वह जादू सब पर नहीं चलता है। वह जादू युगों-युगों में आता है, उसके किस्से के सहारे जादू की दुकानें चलती हैं। उस जादू के किस्से से जुड़कर कितने बच्चों की माँएँ उन्हें रोज स्कूल भेजती थीं, लेकिन जादू हर किसी पर नहीं होता है, वह युगों में होता था।

स्कूल के रास्ते तक जाने के लिए अँधेरे से उजाले का रास्ता तय करना होता था। धीरे-धीरे सब कुछ उजला साफ-सुथरा होने लगता था। काली, तंग, गन्दी सुरंग से पेड़-पौधे और पार्क की दुनिया में उनका प्रवेश होता था।

ये उजाला कभी-कभी आँखों में किरिच की तरह चुभने लगता था। कभी-कभी ऐसा लगता कि वो यहीं-कहीं थोड़ी-सी जगह दे दे। सूरज, जो पत्तों में बस जाता था, वह हड्डियों में आने पर ताकत दे देता था। अगर उसकी धूप को खाया जा सकता, चुराया जा सकता तो वो चुरा ले जाते। कभी-कभी बच्चे वो धूप आँखों में चुराकर लाते थे लेकिन उनकी चोरी पकड़ी जाती थी। उसकी सजा भी मिलती थी।

सजा के तौर पर पुराने कपड़े में लपेटकर उन्हें कुछ सूँघने को मिलता, जिससे वो दिन-भर नशे में रहते। इस नशे से उनके अन्दर गजब की ताकत भर जाती थी। वह रात-भर कहीं बजते डीजे पर नाच सकते थे। इस नशे से वो आपस में ताकतवर बनने का खेल खेलते थे और एक-दूसरे पर ईंट उठाकर मार देते थे। मार खाकर वो रोते नहीं थे, बल्कि खूब गालियाँ देते थे।

फिर वो नशा उनके हिस्से मिली जरा-सी धूप छीन लेता था। रास्ते में इस नशे के ढेरों कारोबारी थे। इन कारोबारियों को सत्ता के कारोबारियों को हिस्सा देना पड़ता था। बीच-बीच में सत्ता के कारोबारी कभी-कभी डीजे लगा देते थे। बीच में मूर्ति बिठा देते थे। नाचो रात-भर, खूब नाचो और वे नाचते रहते—नाचते रहते। पूरी अर्थव्यवस्था में डीजे की तेज आवाज उनके हिस्से आती थी, बदले में उन्हें लगता था कि वो धूप चोरी करके खा रहे हैं।

मुनीश भी वहीं रहने लगा। तकरीबन बीस फुट की ढलान के नीचे लाइन से कई कच्ची ईंटें जोड़ के कमरे बने थे। वैसे वो ढलान एक बड़े से कुएँ के पेट की तरह था, जितना भीतर जाता जा रहा था, उतना सँकरा हो गया था। मैदान के किनारे से कोई देखे तो खाईं में बनी कच्ची कॉलोनी दिखाई नहीं देती थी। भाई भोला पहलवान उसका मालिक था। पानी की एक पाइप वहाँ तक आती थी, बिजली भी आती थी। उसके अपने गाँव के अपनी ओर के कई लोग वहाँ मिले। वहीं पर उसकी मुलाकात धीरज सोनी से हुई। धीरज वहाँ बस्ती में आता-जाता था। लोग कहते थे, वो जादू का हिस्सा है।

वह कला की पढ़ाई कर रहा था और बड़ी-सी नोटबुक में दिन-भर स्केच बनाता था।

मुनीश सोचता रहता था कि ये करके इसको क्या मिलेगा। लेकिन जब भी उसके चित्र देखता था तो उसको अपने गाँव के कोल्हू की याद आने लगती थी। उसको लगता था कि गाँव का कोल्हू उसे याद दिलाने के लिए धीरज सोनी की कॉपी में आ जाता है।

जिस दिन उसे ऐसा लगता था, वो खुद को धुएँ में डुबो लेता था। धुएँ के सुट्टे से सिर्फ कोल्हू याद आता था और सब कुछ नहीं। इमली के पेड़ के नीचे नाचती-गाती दुनिया में वह खो जाता था।

वैसे चाहे कच्चा कमरा हो या पक्का, चार दीवारों के ऊपर एक छत उसको घर बना देती है। आदमी जो भी जोड़ता है, वहाँ रखने लगता है। मुनीश को बसन्त गार्डन अच्छा लगता था। इतने दिनों में उसने एक पुराना फोन ले लिया था। फोन लेने के बाद आदमी सोचता है कि किससे बात करें। सबके पास इतने लोग नहीं होते हैं। गाँव में अम्माँ थीं लेकिन अम्माँ का सुनना-बोलना तकरीबन बन्द हो गया था। गाँव में छोटा भाई—उसकी पत्नी और उसका एक बच्चा था।

भाई तो छह साल के बच्चे की तरह था। शादी तो इस बहाने साहेब ने कर ली है। बहू उनकी पत्नी की तरह ही है। अम्माँ सब देखते-सुनते बहरी और गूँगी हो चुकी है। इस पूरी बात पर एक ऐसा पर्दा था, जिस पर कोई चर्चा नहीं करता था। दबे-छुपे मुनीश तक ये बात आई थी। मुनीश गाँव नहीं जाना चाहता था।

गाय, सुअर, कचरे का अम्बार और आदमी, यहाँ मिल-जुलकर रहते थे। ये शहर के बड़े लोगों का कूड़ेदान भी था और ये कूड़ेदान कई बच्चों का पेट भरने की जगह भी थी। छोटे बच्चे वहाँ दिन-भर पन्नी और छोटा-मोटा लोहा और दूसरी चीजें ढूँढ़ते रहते थे। कुछ एक बच्चे, पास के सरकारी स्कूल में पढ़ने भी जाते थे।

छोटे बच्चों को उनकी माँएँ शुरुआत में स्कूल छोड़ने जाती थीं। लेकिन बड़े लोगों से ये दुनिया अलग थी। कुछ तो माँओं को जल्दी हाथ छुड़ाने की

मजबूरी होती थी और कुछ तो बच्चों को लगने लगता था कि भलाई माँ का हाथ छोड़ देने में ही है, तभी पेट भरेगा।

मुनीश अब भी जिन्दगी को ललचाई नजरों से देखता था। एक खाली ड़िब्बे में, बगल में रहनेवाली औरत ने गेंदे के फूल लगा दिए थे। मुनीश आते-जाते उसे देखता था। गेंदा, बेला और कनेर उसके गाँव की सुगन्ध का हिस्सा थे। कोल्हू वाला रास्ता पार करने के बाद गाँव के सीवान पर एक कोने पर लगे पम्पिंग सेट के कोने में बेला के फूलों की बहुत पुरानी झाड़ थी। उससे थोड़ी दूर पर ईंट का एक स्टूल बनाकर छोटी-सी हौद में तीन शालिगराम थे, जिन पर बगल के कनेर से दो फूल खोटकर कोई चढ़ा देता था। वहीं पास में कत्थई, लाल और पीले में मिल-जुलकर खिलता छोटा सा गेंदा, बड़के गेंदा से ज्यादा महकता था, मुनीश जब खुश होता था तो वहाँ से बेला और गेंदा लेकर आता था और अपने कोल्हू के ऊपर बिखेर देता था। एक-एक पंखुड़ी छितराकर फूलों का एक बिछौना बनाता था और उस पर अपना सिर रख देता था। ऐसे में कोल्हू के पत्थरों पर उड़ती चिड़िया, केले के खम्भे जैसा पेड़, आदमी और औरत सब बाहर आकर उससे बातें करने लगते थे। वह उनसे दिन-भर की सारी बातें बताता था। वह उसे न मालूम कौन से जहान की बात बताते थे।

कभी-कभी मुनीश को गाँव की बहुत याद आती थी। बीच में एक बार गाँव गया था लेकिन लगा नहीं कि वह वहीं आया है। उम्र वह नहीं रही कि कोल्हू के ऊपर बैठकर उसकी ओखली में पाँव डालता, उससे बातें करता। उसने कोल्हू को कनखियों से देखा। कोल्हू के पत्थर पर सजी दुनिया थोड़ी झाँवर हो गई थी। लेकिन उनका भी कोई मीत बहुत दिन बाद आया था, उन्होंने भी मुस्कुराने में कोई कसर नहीं छोड़ी।

अम्माँ पहले से भी कम बोलने लगी थीं, साहेब वैसे ही थे। मुन्ना के घर की भीत पर झूलता मोहार और ताला उखड़ चुके थे। गाँव जाने पर कुछ खास नहीं हुआ। बाजार में दारू की दुकान पर एक छोटी-सी मार हुई, वह भी दमदार नहीं थी।

वह वापस शहर आ गया।

इसी मोहल्ले में उसकी दोस्ती सोनू से हुई थी। सोनू एक पुराना ई-रिक्शा चलाता था। वो था भी बहुत यारबाश आदमी। बस उसकी एक ही दिक्कत थी। वो पूरे दिन-रात हीरो फिल्म की ट्यून लगाकर रखता था। कभी-कभी—सुनाई देती है, जिसकी धड़कन तुम्हारा दिल या हमारा दिल है—गाना लगा देता था। ई-रिक्शा में कोई बैठे या न बैठे वो मुँह में कागज में लपेटकर गाँजे जैसा कुछ लगा लेता था और जैसे जैकी श्राफ हो, वैसे मुस्कुराता हुआ गाने में लीन रहता था। मुनीश को वह अच्छा लगता था, नहीं तो ज्यादातर मुस्कुराते ही नहीं थे।

सामने एक पहाड़ था। कोई दूर से देखे तो कह देगा कि ये कूड़े के पहाड़ नहीं हैं। इसमें रिसता धुआँ और जहरीली गैसें नहीं हैं। हो सकता है कि कोई समझे कि पहाड़ बन रहे हैं। इसके पाँव के नीचे पसरती कॉलोनी इस पहाड़ की तलहटी है। पहाड़ के ऊपर विशालकाय चील मँडराते रहते थे। कुत्ते आपस में यूँ लड़ते थे, जैसे उन्होंने इस पूरे हिस्से को अपने नाम करने की लड़ाई छेड़ दी है। वह शाम होते ही लोगों से युद्ध करने में लग जाते थे। वैसे उनका व्यवहार बड़ा ही अजीब था। कभी किसी सहृदय शराबी की तरह अपना सारा पैसा दूसरों को लाड़ करके लुटा देते थे तो कभी किसी भी आते-जाते को गाली देने लगते थे।

यह दुनिया भी दुनिया को रास नहीं आई।

एक दिन अचानक एक आग का भभका फूटा, जैसे बड़े-से कुएँ के मुहाने से ज्वालामुखी फूट पड़ा हो। कूड़े के पहाड़ में आग लग गई। आग पिघलकर नीचे आने लगी। उसने थोड़ी ही समय में आसपास के हिस्से को अपनी जद में ले लिया। लोगों का दम फूलने लगा। हवा में जहर भर गया और आँख धुँधला गई। लेकिन पहाड़ की तलहटी में बसी इस कॉलोनी से किसे मतलब था। ऐसी अवैध कालोनियाँ तो ऐसे ही जलती-बुझती हैं।

घरों में रखा सिलेंडर फटने लगा। कैसे फटा कोई नहीं जानता। लाइन से छह सिलेंडर फटे। पूरे आसमान में पन्नी का धुआँ भर गया और नीले रंग

की लपट लहकने लगी। उसके साथ ही नीले रंग की गैस निकलने लगी। यह आग इतनी भयावह थी कि दूर तक दिखाई दे रही थी। ज्यादातर लोग काम पर गए थे। जो थे, वो भाग रहे थे, चिल्ला रहे थे। उनकी साँस फूल रही थी, आँख में जलन हो रही थी।

आग बुझानेवाली गाड़ी को लकवा मार गया था। आग बुझने के बाद वह अपनी जगह से हिली। बगल में कबाड़ का गोदाम था, जहाँ अब भी रह-रहकर धुआँ सुलग रहा था। कुछ नहीं बचा। पन्नी में लपेटकर रखे गए कुछ रुपये, पन्नी के उस घर में सुलग गए। कितने कपड़े, कितनों की जोड़ी हुई आस, कुछ भी नहीं बचा। औरतें सिसक-सिसककर रो रही थीं। इस आग में एक बच्चा और एक बूढ़ी औरत औपचारिक तौर पर जल चुके थे।

ये ऐसी आग थी, जिस पर क्या बात की जाए। इस आग की जरूरत बहुत बड़े-बड़े लोगों को थी।

भोला पहलवान तो पिद्दी-सा गँवई आदमी था। कितने दिनों से इस जमीन को लेकर तीन बिल्डरों के बीच खींचातानी चल रही थी। गाँव की इस तालाब की जमीन पर मुकदमा चल रहा था। कभी खबर उड़ती कि यहाँ पर स्टेडियम बनेगा तो कहीं कोई कहता यहाँ पर डीडीए के घर बनेंगे। यह सब चंडूखाने की गप्प थी क्योंकि डीडीए का पार्क तो मन्दिर बन गया था। अब तो वहाँ साफ-साफ लिख दिया गया था कि यहाँ पर खेलना-कूदना मना है। असली बात यह थी कि स्थानीय बिल्डरों के बीच आपसी सुलह हो चुकी थी। अपने-अपने हिस्से की रिश्वत वे पहले ही नगर निगम को दे चुके थे। अब सुलह हो गई थी तो आग जरूरी थी। आग लगेगी तभी जगह खाली होगी।

उसके बाद वहाँ दुबारा बसना आसान नहीं था। पुलिस लग गई थी। वहाँ एक बोर्ड जम गया कि यह इलाका फलाँ-फलाँ की निजी सम्पत्ति है। यहाँ पर किसी प्रकार का अधिग्रहण गैरकानूनी है। यह तो सरकारी जबान में लिखा गया था। नीचे देसी जबान में लिखा था—"यहाँ पर किसी तरह का कब्जा करनेवाले को डंडा...दिया जाएगा।"

बाकी तीसरी बात तो दुखों की ठिठोली थी कि "आप कैमरे की निगरानी में हो।" कैमरे का तार बहुत दिनों से कटा हुआ था।

जब ये जगह छूटी तब मुनीश ने एक बार भइया को फोन करने की सोची लेकिन ठिठक गया। साल-भर पहले वह उनके घर गया था। सौ बार सोचने के बाद वह उनके घर गया था, पर कुछ ऐसा हुआ कि उसका जी खट्टा हो गया था।

शहर में दो तरह के रिश्तेदार होते हैं। कुछ को सिर्फ सुख में याद करना होता है। बस बताना होता है कि देखो हम भी आगे बढ़ रहे हैं। सुख का धागा ज्यादा जल्दी पकड़ में आता है। कपड़ा-लत्ता, स्कूल, शेयर मार्केट, कितने तो सहज सरल उपलब्ध धागे मिल जाते हैं। दुख का धागा पकड़नेवाला कौन होता है। दुख सुनने के लिए उनके पास समय नहीं होता है। दूसरे वो किस-किस का दुख सुनें, जिधर देखो दुख सुनानेवाला आदमी रिश्तेदार निकल आता है।

"रिश्तेदार और सरकार दोनों का रवैया एक जैसा है। प्रसन्न रहो तो आप उनके हैं। कष्ट में हो तो आप विपक्षी पार्टी के हैं। दोनों में एक समानता है कि दोनों मौका ब मौका चहकारी यानी किसी मृत्यु पर शोक जरूर व्यक्त करते हैं।"

धीरज सोनी ने कभी ये बात मुनीश से कही थी। आग वाली घटना के बाद से धीरज से कोई मुलाकात नहीं हुई। कोई बता रहा था कि धीरज ने एफ आई आर दर्ज कराई है लेकिन मुनीश से उसकी कोई मुलाकात नहीं हुई।

सब कुछ फिर से शुरू करना था। न पैसा था और न कोई ऐसा, जिसके यहाँ चला जाए।

कुछ दिनों के लिए मुनीश का घर मेट्रो का पिलर नम्बर 663 हो गया।

मेट्रो के नीचे आजू-बाजू की सड़क पर गाड़ियों की आवाजाही बदस्तूर जारी थी। गाड़ियों में आने-जानेवाले कभी-कभार सोचते हैं कि यार ये

कैसे सड़क पर सो लेते हैं? लेकिन इस मुद्दे पर सोचने के लिए उनके पास नैनो सेकेंड होता है, उतना, बस उतना, जितने में उनकी निगाह वहाँ चली जाती है।

कुछ लोग दानदाता, खैरख्वाह वाले भी होते हैं। वो अपने घर से कपड़े, कई बार गद्दे आदि लाकर वहाँ छोड़ देते हैं। उन्हीं पर मेट्रो पुल के बीचों-बीच रह रहे लोगों की गृहस्थी कुछ दिन के लिए चल जाती है।

नौ

"आन के दाना, तान के खाना, मर जाना परवाह नहीं..." कह के बड़ेलाल ठठाकर हँसा। दरअसल किसी ने एक दर्जन केले मेट्रो के उस तरफ फेका था और परवीन उसे खाए जा रहा था। सारे लोग हँसने लगे, उसमें से कोई भी भिखारी नहीं था। भिखारी होना आसान नहीं है।

यादों का बड़ा ही बेतरतीब सिलसिला है मेरे दिमाग में। समझ लीजिए जैसे उलझा धागा पड़ा हो, जिसे शुरुआती हिस्सा समझकर लपेट रही हूँ, वह बीच का कोई टूटा सिरा हो। केले से कुछ याद आ गया। परवेज चौदह साल का था। दिल्ली के पातालपुरी मुहल्ले में पातालपुरी के शास्वत रहवासियों के लिए गणपति बप्पा का आयोजन हो रहा था। नकली धूप और सपने बेचनेवाले पातालपुरी के ठेकेदार ने टेंट और डी जे का खर्चा दिया था। बप्पा की मूर्ति का खर्चा पातालपुरी के लोगों ने खुद उठाया था। दो बजे रात तक डी जे बजा। परवेज भी पातालपुरी में रहता था। पातालपुरी के लोगों की तरह उसे भी बहुत भूख लगती थी। उसने देखा कि बप्पा के पास ढेर सारा केला प्रसाद में चढ़ा है, उसे जोरों की भूख लगी थी। उसने देखा, बप्पा कह रहे हैं, आओ केला खा लो, मैं तो खाऊँगा नहीं। उसने उनकी बात मानी और केला खाने लगा। तभी एक भीड़ ने उस पर हमला कर दिया। भीड़ ने उसे पीट-पीट कर मार डाला। बाद में कह दिया कि हमने सोचा कि चोर है। उस दिन गणपति बप्पा के

पांडाल यानी टेंट में कुल दो सौ रुपये के सिक्के थे और तीस-चालीस केले। पैसे तो वहीं थे, हाँ परवेज ने तीन केले जरूर खाए थे। मेरी तो पूरी शिकायत गणपति बप्पा से है। उन्होंने क्यों कहा कि भूख लगी है तो केले खा लो, मैं कौन-सा खाऊँगा।

"पकड़ लो हाथ गिरधारी..." कह के कोई भिखारी आर्त स्वर में गाने लगता है। मेट्रो के नीचे बने खम्भे के नीचे उस शोर में तो काँपते धड़धड़ाते पुल का पता नहीं चलता था लेकिन कुछ ऐसी बात थी कि इस आवाज में एक आर्त आवाज की आवृत्ति-सी बन रही थी।

जैसे पीपल का पत्ता काँपता है, उससे भी ज्यादा उसका शरीर काँप रहा था, उससे भी ज्यादा काँप रही थी उसकी आवाज। लग रहा था कि धरती पर कुछ थरथराहट-सी हो रही है।

इस भरी पूरी दुनिया में कोई एक नाम नहीं, कोई एक आस नहीं।
...पकड़ लो हाथ गिरधारी...

"ई का चूतियापंथी है।" बड़ेलाल चिल्लाया।

"जब देखो तब गावत रहता है। ससुर न सोता है, न सोने देता है।" कह के बड़ेलाल ने पिच्च से थूक दिया।

मुनीश ने रिक्शे की सीट पर करवट ली। रिक्शा थोड़ा हिल गया। जब से बैटरी रिक्शा आया है, तब से साइकिल-रिक्शा सस्ते में मिल जाता है चलाने को। पहले मालिक को दो सौ रुपये रोज का देना पड़ जाता था लेकिन अब पच्चीस रुपया लेता है। रोज की कमाई मुश्किल से सौ रुपये होती है। कौन साइकिल-रिक्शा में बैठता है, हर किसी को तो भागना है। किसके पास फुर्सत है, डगर-डगर करके जाने की। जब से मुनीश की कलाई टूटी है, तब से तो और भी कोई नहीं बैठता।

"भइया लगा है, ऐसे कैसे रिक्शा चलाओगे?"

वो कहना चाहता है कि बिना खाए-कमाए कैसे चलूँगा, पर कहता है—"मैडम रिक्शा पैर के दम पर चलता है, हाथ से थोड़े ही चलाना है।"

वह चुहलबाजी करके सवारी को यकीन दिलाता है कि रिक्शा खींचने के काबिल है।

मुनीश फुटपाथ पर नहीं सोता था, वह अपने रिक्शे पर ही सोता था, चोरी का डर था। यहाँ जिसके पास जितना कम पैसा था, उतना ही चोरी का डर था। रिक्शा उसने दो साल पहले खरीदा था, कोरोना में बंगाली ने उसको छह सौ में बेच दिया था। शुरू में तो वह इतना इतराता था मानो 'फोर बी.एच.के.' खरीद लिया हो। उसको अन्दाजा नहीं था कि साइकिल रिक्शा से तो सवारी कब की रूठ चुकी है। कुछ दिन करोलबाग में चलाया, कुछ कमाई हुई लेकिन वहाँ लाइसेंस लेना पड़ता है, वो उसका बना नहीं। अब जीटीबी नगर में चलाता है। कुछ महीने पहले मेट्रो के बाहर रिक्शा लगाकर खड़ा था। वहाँ ई-रिक्शा की अलग से लाइन लगी थी और सवारी रिक्शा की अलग।

सवारी ई-रिक्शा से उतरकर उसके पास आ गई, दरअसल उन्हें गली से अन्दर जाना था, ई-रिक्शा बाहर ही उतारता। वो तैयार हो गया लेकिन ई-रिक्शा वाला नाराज हो गया। बहुत देर के इन्तजार के बाद उसकी पारी आई थी। उसने मुनीश को माँ-बहन की गाली देनी शुरू कर दी। मुनीश ने भी दबी जुबान में एकाध गाली दे दी। तब तो ई-रिक्शा वाला भड़क गया।

"तेरी औकात क्या है साले, तेरी माँ की..."

भीड़ बढ गई। तभी दूसरी तरफ से पुलिस वाला आया और दे लाठी करने लगा।

"साले...तुम्हारी माँ की...तुम लोगों को मौज चढ़ी है।" पुलिस वाला बेहिसाब लाठी बरसाने लगा।

मुनीश तेजी से रिक्शा आगे बढ़ाना चाहता था लेकिन भीड़ के कारण निकाल नहीं पाया। पुलिस वाले की एक लाठी उसकी पीठ पर पड़ी और एक लाठी कलाई पर। हाथ में दो दिन सूजन रही। वह हाथ बैठानेवाले मल्लू पहलवान की दुकान पर गया। उसने हिलाया-डुलाया, गरम सिकाई की लेकिन कोई फायदा नहीं हुआ। वैसे मल्लू की दुकान बहुत चलती है।

जिनको डॉक्टर दस हजार रुपया बता देता है, मल्लू पहलवान वह हाथ सौ रुपये में ठीक कर देता है। लेकिन उसका हाथ देखकर मल्लू ने कहा कि प्लास्टर लगवाना पड़ेगा।

मुनीश को एक तरफ कलाई का दर्द टीस रहा था तो दूसरी तरफ भूख का दर्द टपक रहा था। समझ नहीं आ रहा था कि कौन-सा दर्द ज्यादा है। फुटपाथ पर एक ओर सोनेवाली अम्माँ ने उसे रोटी दी, साथ में नसीहत भी दी।

"काहे मर रहे हो? तुमसे जादा तो हमही कमा लेते हैं।"

अम्माँ पहले तौल-मशीन लेकर वजन नापने का काम करती थी लेकिन पिछले दो साल से भीख माँगकर गुजारा करती है।

"अम्माँ तुम कहाँ की हो?"

अम्माँ ने कहा—"राजा विक्रमादित के यहाँ की। सोने के थरिया में खात रहे, चाँदी की गिलास में पानी पियत रहे, फिर शौक लगा कि चलो भीख माँगें।"

सब लोग हँसने लगे। इतने दिनों में यह समझ बन गई थी कि सड़क पर रहनेवालों की कोई कहानी हो, जरूरी नहीं। उनकी कहानी तो चार दिन में ही मिट जाती है।

चोट लगने से मुनीश को बहुत तकलीफ हो रही थी। अम्माँ ने रोटी दी। मुनीश के पेट में रोटी गई, पेट की आग में कुछ पड़ता है तो दिमाग की आग भभक जाती है, किसी ने दर्द कम करने के लिए एक सुट्टा दिया। मुनीश को राहत मिली। सुट्टा देनेवाला भगत था। उसके पेट में कुछ जाते और चिलम के सुलगते ही भजन फूटने लगता है।

भगत पहले गाँव की नौटंकी में काम करता था, गाहे-बेगाहे मजमा लगाता था। वैसे वो मजदूरी करता था लेकिन पंजाब बैंड में भी काम करता था। पहले पंजाब बैंड वाला उसको हर महीने कुछ पैसा दे देता था कि मजदूर न टूटें लेकिन कोरोना के बाद उसकी हालत खस्ता हो गई थी। भगत नौपेड़वा के थे, उनके गाँव में चिऊटारी ने बैंड का काम शुरू किया था।

वहीं पर उसने बैंजो बजाना सीखा था। बारात लगने से पहले जब बैंजो पर धुन बजाना शुरू करता था, तो गाँव की महिलाओं की दिल की धड़कन बढ़ जाती थी। एक हाथ से सीपी का मेजराब लेकर टुनटुना शुरू करता फिर—'तुम दिल की धड़कन में रहते हो'—बजाना शुरू कर देता था।

"वाह राजू! वाह!" कह के लड़के उसको घेर लेते थे।

भगत, उस दिन नाम का भगत रहता था। उसको पता था कि कौन किस धुन की चाहत रखता है और वो उसी धुन पर लोगों को नचाना शुरू कर देता था। उसी के साथ था भूसी, जो नचनिया का काम करता था। उसकी कमर ऐसी लचकती थी कि गाँव की बहुएँ जल जाती थीं। कई बार उसके साथ कम्पटीशन में नाचने लगती थीं।

"तु काही के डिल्ली आइ गए?"

अम्माँ दिल्ली को डिल्ली ही कहती थीं।

"अरे, अम्माँ, बहुतै साल पहले की बात है। गाँव में मार हो गई थी। हुआ ये था कि हम लोग नौटंकी लेकर आजमगढ़ गए थे। ये नौटंकी अपनी ही बिरादरी में थी। एक तरफ हमारे टोला में बारात सजी थी तो दूसरी ओर ठकुराने में बारात सजी थी। उधर भी नौटंकी आई थी लेकिन वो इतना मजमा नहीं लगा पाई। हम लोगों की नौटंकी में बहुत बढ़िया नाच और गाना था, तभी ठकुराने से लड़के आए कि इधर का माइक बन्द कर दो। इधर के लड़के भी ताव खा गए, आखिर बारात यहाँ भी आई थी। उसके बाद ठकुराने के लड़कों ने जो उत्पात मचाया कि क्या बताएँ। सबको मारा, पुलिस आई, मेरा बैंजो भी तोड़ दिया। अम्माँ समझ लेयो कि दिल अघा गया गाँव से...।

ननकऊ चच्चा दिल्ली आ रहे थे, उन्होंने कहा कि चलो वही काम करना, हम इहाँ आ गए।

यहाँ भी बहुतै काम जमा। कोई-कोई बारात तो ऐसी कि बहुत रुपया गिरा लेकिन अब वैसी बारात नहीं सजती है। ननकऊ चच्चा के न रहने पर हमारी टीम टूट गई। अब तो शरीर में भी दम नहीं है। जब से कोरोना हुआ तबसे तो और भी काम नहीं रहा।"

भगत के पास कोरोना का बहुत किस्सा था, छिड़ जाए तो अन्त नहीं।

मुनीश के पास कोरोना की याद थी। उसकी याद के नाम पर ये याद था कि पास के स्कूल में शाम को रोटी-सब्जी मिलती थी। दो रोटी का नम्बर आते-आते कभी-कभी रोटी खतम हो जाती थी। लेकिन उन्हीं दो रोटियों ने उसे जिलाए रखा। कोई कहता था कि सरकार भेजती है खाना, कोई कहता था कि कुछ मोहल्ले वाले भेजते हैं खाना। मुनीश को हाथ फैलाकर रोटी लेना अच्छा नहीं लगता था। कलेजा कटता था। लेकिन जीवन बहुत बड़ा है, वह बहुत कुछ ऐसा करवाता है जो अच्छा नहीं लगता है। वे दिन, वो याद नहीं करना चाहता।

भगत एक ओर चिलम लगाकर गा रहे थे। आज उनको जोश चढ़ा था, बड़े दिन बाद अपने पुराने रंग में आए थे।

दिल ले के दिल दिया है,
एहसान क्या किया है।
इतना गुरूर क्यों है, क्या गुफ्त में दिया है।

दस

जिस लड़की ने डेडबॉडी को अपनी शाल उढ़ाई थी, घर आकर उसे डाँट पड़ने लगी। माँ ने पूछा—"तुम शॉल कहाँ छोड़ आई?"

"अरे, वो मन्दिर के पास एक आदमी शायद मर गया था या पता नहीं। मेरे खयाल से तो मर गया था। वहीं दे दिया ओढ़ाने के लिए।"

"तुमको नहीं मालूम, ये लोग नाटक करते हैं, नशा करके पड़े रहते हैं, ज्यादा नजदीक भी नहीं जाना चाहिए। इतने हरामी होते हैं कि ब्लेड मार देते हैं।"

लड़की की माँ गुस्से में बड़बड़ा रही थी। उसको सुना रही थी कि कैसे थोड़े पैसे के लिए भी लोग नाटक करते हैं।

औरत लगातार बोल रही थी। वैसे उसे खुद भी अपनी बात पर यकीन नहीं था और न ही उसका हृदय इतना रिक्त था लेकिन जीवन के थपेड़ों ने उसे बहुत ही रुक्ष बना दिया था। हर बात पर संशय और हर व्यक्ति पर सन्देह किए बिना वह नहीं रह पाती थी, यहाँ तक कि उसको लगता था कि सब्जीवाला, कूड़ेवाला सब उसके साथ चालाकी कर रहे हैं और बड़े षडयंत्र का हिस्सा हैं। हर कोई उसे ठगना चाहता है, लूटना चाहता है। जब कोई प्रेम से बोले तब भी वह सोचती कि "इतना मीठा क्यों बोल रहा है? जरूर कोई मतलब होगा।"

लड़की अपनी माँ की आदत जानती थी। लेकिन वह ये भी जानती है कि माँ ने इतने धोखे खाए हैं कि वह भीतर तक डर गई है। इतने के बाद भी माँ अपनी बेटी तक इतना संशय, सन्देह नहीं पहुँचा पाई कि बेटी का दिल पसीज जाए।

जीवन की इस यात्रा में बेटी अभी माँ के शुरुआती दिनों की तरह ही थी। सहज-सरल।

"मम्मी! तुम ज्यादा सोचती हो। याद करो पिछली बार तुमने जिसको शराबी समझा था, उसको कैसे कुछ सुँघाकर सड़क पर किसी ने लूट लिया था। बिचारा लुधियाना से कमाकर अपने गाँव जा रहा था।"

"...यार बहुत खराब लग रहा था।" लड़की ने अपनी माँ को दुलराते हुए कहा। "इतनी ठंड पड़ रही है, बारिश हो रही है...यार वो आदमी मर चुका था। मेरे से नहीं देखा गया।"

माँ ने फिर धीरे से पूछा—"उसका चेहरा देखा था तुमने।"

"नहीं!"

इस जवाब में एक खीज भरी हुई थी। लड़की इस मुद्दे पर और बात नहीं करना चाहती थी। वह जानती थी कि माँ इसे कहाँ लेकर चली जाएगी।

बाहर बारिश हो रही थी, जाड़े की बारिश। ठंडी बूँदें किसी फव्वारे की बूँदों की तरह झर रही थीं। औरत उसे झिर्री कहती थी। बाहर झिर्री पड़ रही थी। पिछले तीन दिन से यही मौसम था। ठंडक बढ़ गई थी, इससे रह-रहकर उसके घुटने में चिलक उठ रही थी। घर में सिर्फ माँ और बेटी रहते हैं। पिता को गए पन्द्रह साल हो चुके थे। औरत के भीतर एक टीस उठ रही थी। पन्द्रह साल हो गए, वो हर दिन गिनती थी।

नाराज होकर गए उसके पति, शायद एक दिन लौटकर आएँगे। उसने हर जगह ढूँढ़ा। गली-मोहल्ला, कस्बा-गाँव, बड़े शहरों में, कहीं भी ठिकाना नहीं मिला। कभी-कभी खबर आती कि फलाँ शहर की मजार पर उसके पति जैसा कोई दिखा है, वो वहाँ भी पहुँच जाती। वहाँ भटकते लोगों के चेहरे गौर से देखती, दुआ करती। धागा बाँधती। हर मन्दिर के बाहर बैठे भिखारियों को गौर से देखती थी। अखबार में छपी हर सड़ी-गली लाश को ध्यान से देखती थी।

उसके पति ने बड़ी जरा-सी बात पर नाराज होकर घर छोड़ा था। तब उसकी सास जिन्दा थी। उसने खाना बनाया लेकिन सास को खाने के लिए नहीं पूछा था। उस दिन वो बहुत उखड़ी हुई थी, उसका मन नहीं हुआ कि खाने के लिए पूछे। दरअसल जब से उसे पता लगा कि उसके पति ने सारा पैसा कमेटी में डुबा दिया है, वह रंज से भरी हुई थी। यह पैसा उसने और खुद उसके पति ने बड़ी ही मेहनत से इकट्ठा किया था।

वह मना कर रही थी कि शहर में हम किसी को नहीं जानते, किसके पास जाएँगे झगड़ा करने, लेकिन उसके पति ने कहा कि लोग कमेटी में पैसा लगाते हैं। बाद में हमें भी कुछ पैसा इकट्ठा मिल जाएगा। एक मुश्त पैसा मिलेगा तो कोई घर देख लेंगे। वो भी तो तैयार हो गई थी। पिछले कितने बरसों से वो दोनों एक घर लेने का सपना पाल रहे थे।

उसके पति ने स्थानीय ज्वैलर से नेता बने आदमी के यहाँ कमेटी डाली, लेकिन एक दिन वहाँ पहुँचा तो वह सबकी कमेटी लेकर भाग चुका था। कितने लोगों का पैसा डूब गया। आदमी ने पुलिस के आगे गुहार लगाई लेकिन बदले में वहाँ उसे लताड़ ही मिली।

"साले तुम लोग बैंक में पैसा क्यों नहीं जमा करते हो? और मौज करो...।"

लोगों ने मिल-जुलकर मुकदमा दर्ज कराया लेकिन उसका कोई फायदा नहीं हुआ।

औरत सोच रही थी, जिस दिन उसके पति ने घर छोड़ा, उस दिन क्या-क्या हुआ था। वह अकसर ही उस पूरे वाकिये को उलट-पुलट करके देखती थी। उसके दिमाग का एक हिस्सा अतीत की उस एक घटना में जाकर अटक गया था। उस दिन उसकी सास से लड़ाई हुई थी। उसके पति तुरन्त ही बाहर से आए थे। वैसे घर में रोज ही लड़ाई होती रहती थी। वह रोज अपने पति को कोसती थी कि तुम्हारी वजह से पैसा डूब गया। लेकिन उस दिन सास, बेटे के आते ही उससे कहने लगीं—"तुम्हारी औरत पर मैं बोझ हूँ, मुझे मेरे गाँव ले जाकर छोड़ दो बेटा।"

पति ने पूरी बात पता की। पत्नी पर चिल्लाने लगा कि "तुम मेरी माँ से जलती हो। तुम चाहती हो कि वो हमारे साथ न रहे।"

औरत भी चिल्लाने लगी—"मैं क्यों जलूँगी लेकिन मैं खाना नहीं परोसूँगी, जिसको लेना है, अपने आप ले ले।"

बात बढ़ गई। बात इतनी बढ़ गई कि औरत ने आदमी की नाकामी का पूरा किस्सा फिर दुहरा दिया।

"बोल तो ऐसे रहे हो, जैसे जलने के लिए कुछ रखा हो। सब तो गोड़ आए हो।"

आदमी चिल्लाया—"सब तेरी वजह से, जा अब मौज कर। कह के आदमी ने थाली उठाकर पटक दी।"

दोनों ने एक-दूसरे को बहुत कुछ कहा। औरत ने कहा कि मैं ये घर ही छोड़कर जा रही हूँ। लेकिन आदमी ने कहा कि तू क्या जाएगी, मैं ही जा रहा हूँ। खैर आदमी ने गुस्से में घर छोड़ दिया।

जाते समय कह गया—"अब लौट के नहीं आऊँगा।"

नन्दा ने ताना मारा—"देखना कल ही लौट आओगे, तुम्हारे बस का कुछ नहीं है।"

दोपहर से रात हो गई और रात से अगला दिन चढ़ आया लेकिन वह लौटकर नहीं आया। पिछली रात को ही सास-बहू दोनों एक होकर रोने लगीं। चार साल की अमृता को मकान-मालिक के यहाँ छोड़कर गली-सड़क ढूँढ़ने लगीं। शहर में किससे कहतीं।

अगले दिन दोनों पुलिस स्टेशन गईं। पुलिस वाले ने उलटा डाँटा—"तुम लोग जब घर में नौटंकी करती हो, तब नहीं सूझता कि क्या कर रही हो? लौट आएगा जब उसका दिमाग ठंडा होगा, आदमी है कोई औरत तो है नहीं, घर जाओ।"

पर वह दिमाग कभी ठंडा नहीं हुआ। पन्द्रह साल बीत गए लेकिन कुछ पता नहीं चला। वह पहले रोज बिला-नागा पुलिस स्टेशन जाती थी लेकिन धीरे-धीरे समझ गई कि वहाँ उनकी तकलीफ सुननेवाला कोई नहीं है।

औरत का दिल आज फिर से घबरा रहा है। अखबार में वह हर मृतक की तसवीर बहुत ही ध्यान से देखती है...बहुत साल पहले उसने भी अखबार में छपवाया था।

"अमृता के पापा हमसे भूल हुई। क्षमा करो। घर आ जाओ। अम्माँ बहुत बीमार रहती हैं।"

लेकिन कोई फायदा न हुआ। अब तो अखबार का वह टुकड़ा पन्नी में रखने के बाद भी गला हुआ-सा हो गया है। औरत का जी, अब तक नहीं मानता कि उसका पति जीवित नहीं है। शहर में रहती तो थोड़ा आसरा मिलता लेकिन गाँव आते ही उसका मन और उचाट हो जाता। कोई बताता कि फलाने ने उन्हें बम्मई में देखा था तो कोई कहता कि हैदराबाद में शादी-ब्याह करके रह रहा है। छह साल पहले किसी ने कहा था कि उसे ख्वाजा मोईनुद्दीन चिश्ती की दरगाह पर देखा है। उसके मन में भरोसा जग गया। वह कैसै-कैसे करके अजमेर शरीफ गई। हाथ में पैसा न था लेकिन बड़ी आस से फूलों की चादर लेकर गई।

उसकी दीवार से सटकर रोई। तभी कोई आदमी आया और डाँटने लगा—"चलिए-चलिए यहाँ से, जनाना वाले खाने में जाइए। यहाँ पर जनाना का छूना मना है...।"

कोई मन्दिर, कोई मजार न बची, जहाँ वह न गई हो। इस ढुँढ़ाई में उसने दुनिया के कितने रंग देख लिए।

उस औरत को खुद से ही धोखा मिला था। वह अपने ही जज्बात नहीं पहचान पाई थी। वह किसी पर क्या गुस्सा करती। वापस जनाना वाली लाइन में आकर बैठ गई। गुस्से में कोई यूँ निकल के चला जाएगा और लौट के नहीं आएगा, उसके मन में यह कसक रात के दूसरे पहर तो कभी-कभी एकदम से जागती थी। उसकी नींद टूट जाती, उसे लगता कि उसकी सास अपने इकलौते बेटे को याद करते-करते मर गई। जिस दिन से उसके पति ने घर छोड़ा, उसकी सास ने उसे कुछ नहीं कहा। उसने एक बार भी नहीं कहा कि खाने में कम मिर्ची है या ज्यादा। उलटे रोज कहती रही कि ठीक से खाया करो।

उसने अमृता को कितना प्यार दिया। यही कहती रही कि ऐसे ही मेरा बेटा था, एकदम बाप की तरह इसकी काठी है।

पति के घर छोड़ने के साल-भर तक नन्दा अपनी सास और बेटी के साथ शहर में रही। मकान-मालिक का परिवार सब्जी का काम करता था, उन्होंने थोड़ी बहुत मदद की। लेकिन यह मदद बहुत दिन नहीं चल सकती थी। नन्दा ने परिवार के दूसरे लोगों से सम्पर्क किया लेकिन जब सबको पता चल जाए कि मामला मदद देने का है तो सबका कतराना लाजिमी था।

नन्दा इस बीच सुबह उठकर मंडी से आए प्याज की छँटाई कर देती थी। लेकिन उससे कितनी कमाई होती। नन्दा की सास भी पेपर के लिफाफे बनाती और छोटी अमृता भी साथ देती लेकिन घर के लिए कुछ भी पूरा नहीं पड़ता। ऊपर से जब-तब कहीं न कहीं भाग कर जाना। नन्दा के चचिया देवर ने गाँव वापस लौट जाने की सलाह दी।

"भौजी माई को भी अच्छा लगेगा। दूसरे गाँव में अपने चार आदमी हैं, कोई दुख-सुख पड़ेगा तो देख लेंगे।"

नन्दा अपनी शादी के बाद बहुत ही कम गाँव रही थी, उसके पति दिल्ली ले आए थे।

ग्यारह

नन्दा जितने दिन गाँव में रही, किसी का कच्चा-पक्का कर आती थी। किसी के यहाँ उड़द तोड़ना हो, सरसों की डंठल तोड़नी हो, वो लग जाती थी। इस बहाने संठा मिल जाता था और जलावन का जुगाड़ हो जाता था। लेकिन बिना किसी बाहरी आमदनी के घर चलाना बहुत मुश्किल हो गया था। खेत-क्यारी भी साझे की थी। कुछ डिसमिल ही खेत उसके पति के हिस्से का था। वह भी कहाँ है? उसे पता नहीं था, बस कुछ कुरिया गेहूँ या जो अनाज हुआ है, आ जाता था।

"का हो भौजी, कुछ पता लाग?"

कोई जब ज्यादा मोह दिखाकर, लाड़ लगाकर के पूछता तो नन्दा का दिल धक से रह जाता था। पति के साथ गाँव रहने में और अकेले रहने में जमीन-आसमान का अन्तर था। उसकी सास भी सीधी-सादी थी। वह समझती थी कि जो आया है, वो उनके लड़के के बारे में बात करने आया है लेकिन घर के अन्दर बहू और एक छोटी लड़की भी है और उन पर भी किसी की निगाह हो सकती है, वो सोच नहीं पाती थीं। कुछ एक लोग जो आते थे, वो नन्दा को इस तरह देखते थे, जिससे वो भीतर तक घबरा जाती थी। उनकी नजर में इनसानी नजर की गर्माहट नहीं थी, जिसके प्रेम की आँच से उसका सर्द होता मन गर्मी पाता, उसमें एक क्रूर शिकारी की तीक्ष्ण दृष्टि थी, जो उसको भीतर तक भेद देती थी। ज्यादातर पुरुषों को माँ भी चाहिए थी और उसका छौना भी। नन्दा पूरे समय खुद को और अपने छौने को बचाती रहती थी।

"और भउजी जाड़ा नाई लागत?"

क्या भऊजी जाड़ा नहीं लगता, के कई अर्थ थे। वैसे ज्यादातर वाक्यों के दो अर्थ ही होते थे। केला, प्याज और लहसुन सबके दो अर्थ। पहले नन्दा खुद भी ठी-ठी करके हँस देती थी लेकिन अब हर चीज ने एक तीसरा अर्थ भी ले लिया था। वह समझ के भी अनजान बनके जवाब देती थी।

"नाय भइया। जिसको दिन-भर काम-धाम करना है, उसको ठंडा लगेगा तो कैसे चलेगा।"

वह इतना ही बोलती थी। गाँव में रहना आसान नहीं था। अमृता बड़ी हो रही थी, गाँव में था भी क्या, एक कमरे का घर, उसके आगे छान छाई थी। वहीं पर रसोई थी। बारिश के समय दुआर पर पानी लग जाता था। ईंट रखकर नन्दा इस पार से उस पार करती थी। जब माई थी, तब तक कुछ ठीक था, कम-से-कम कोई सीधे कुछ नहीं कह पाता था लेकिन माई के जाते ही गाँव के लम्पट पुरुषों का मन बढ़ गया था।

एक रात कुछ ऐसा घटा कि नन्दा ने तय किया कि वह दिल्ली वापस जाएगी। दरअसल उस रात अमृता अलग चारपाई पर सोई थी। अचानक वह मम्मी-मम्मी कह के चिल्लाई। नन्दा मड़ई के अन्दर लेटी थी, भागकर अमृता के पास गई।

"अरे, कुछ नाई भौजी कुक्कुर रहा।"

कुत्ता अमृता के बिस्तर पर था, उसी को भगा रहे थे। अमृता रोए जा रही थी, वह इतनी छोटी नहीं थी कि माँ को कुछ न बता पाती। उसने बताया कि सुमेश चाचा उसे जबरदस्ती चूम रहे थे।

"कुत्ता तुम हो सुमेश..." कह के नन्दा चिल्लाई। सुमेश जल्दी से वहाँ से भागे। नन्दा ने भीतर ही भीतर तय कर लिया कि अब वो यहाँ नहीं रहेगी।

कल उससे मिलने परदेसी बाबू आए थे। उनके आने से नन्दा को थोड़ी राहत होती थी, उनसे सारी बात बताई।

परदेसी बाबू का असली नाम कुछ और था लेकिन जवानी के दिनों में वो परदेस—कलकत्ता—कमाने चले गए थे, तब से वो परदेसी बाबू हैं। ऊपर से परदेसी बाबू थोड़े रसिक दिखते थे। कान में चम्पा के फूल खोंसकर चलते थे। गाँव के सबसे किनारे उनका घर था। उनकी पत्नी को सब लोग तिरमुहानी माई कहते थे। उनके दो लड़के थे। खेती-बारी कम थी, दोनों लड़के दिल्ली चले गए थे और साल में बामुश्किल एकाध बार लौटते थे। तिरमुहानी वाली भी अपने पति की तरह थोड़ी अलग थी। पूरे गाँव के हिसाब से मुँह की खर थी। कहीं जाती थी तो अपना मचिया साथ लेकर जाती थी।

उनके घर के आगे दो अमरूद के पेड़ थे। बहुत ही मीठे अमरूद फलते थे। परदेसी बाबू जितने उदार थे, बच्चों के साथ मीठा बोलते थे, उनकी पत्नी उतनी ही गुस्सैल थीं। गाँव के बच्चे ताड़ते रहते थे कि आजी किसी के घर जाए और वो अमरूद तोड़ें। आजी अपने पेड़ के अमरूद गिनकर रखती थीं।

गाँव में कोई बच्चा दगना यानी चुगलखोर होता था, वो भागकर आजी से कहता –"आजी तुम्हारे यहाँ बच्चे अमरूद तोड़ रहे हैं।" कभी-कभी वो किसी दूसरे बच्चे का नाम लगाकर कहते—"आजी तुमको नहीं मालूम, अमृता बच्चों को लेकर अमरूद तोड़ रही थी।"

आजी जहाँ बैठीं रहती, वहीं से गाली देना शुरू कर देती थीं। वो गालियाँ भी ऐसी देती थीं कि माँओं का कलेजा फट जाए।

"जा, पीली उफनाय जाएँ उहीं दहि जा।"

"आग लागय जरि जा।"

"जा डार टूटै लंगड़ होइ जा।"

जो कोई भी प्यार से समझाने जाता था, वह भी दो गाली खाता था।

"तुम लगाए थे पेड़, जो पंच बनने आए हो।"

आजी का गुस्सा पूरे गाँव में मशहूर था। परदेसी बाबू और आजी को समझाकर रखना पड़ना था कि किसी के यहाँ देखुआर यानी लड़का देखने आए हैं, आपस में लड़ाई न करना।

दोनों मियाँ-बीवी में प्यार कब होगा और लड़ाई कब, कोई कह नहीं सकता था। आजी ने सेम बोई थी। झुप्पा-झुप्पा सेम फलने लगी। आमदनी कुछ थी नहीं। लड़के साल में एकाध बार आते थे और जाते समय माई-बाबू से ही अपेक्षा करते थे कि कुछ हाथ पर धर दें। गाँव में हाथ में रुपया आना बड़ी चीज थी। गेहूँ-चावल मिल भी जाए, तो मर-मसाला, तेल, दवाई कहाँ से आए। आजी के लड़के कुछ भी नहीं भेजते थे, उलटे वापस जाते समय कर्जा काढ़कर जाते थे।

कुदना अहिरिन ने आजी को समझाया—"एतना सेम होता है, काहे नहीं बाजार भेजवाती हो। दो पैसा मिलेगा।"

आजी को बात जँच गई। वो सेम तोड़ के मंगल, शनीचर कुदना के हाथ बाजार भेज देती थीं। आजी को कुदना ने पान-सुपारी का नगद दे दिया। अब परदेसी बाबू ने इसी बीच किसी को खूब सारी सेम तोड़कर दे दी। इस बँटनी पर तो आजी ने परदेसी बाबू का खानदान एक कर दिया।

"घरे आटत नाग न, बाहर बँटनी बाँटत हयेन।"

परदेसी बाबू ने बदले में जवाब नहीं दिया। आजी को सबसे ज्यादा गुस्सा तब आता था, जब बाबू जवाब नहीं देते थे। वो इसे अपनी उपेक्षा समझती थीं। फिर तो आजी ने बोलना शुरू किया—"कुलबोरना हो तुम, कुछ नाहीं बचा है, तब भी तुम्हारी शौकीनी नहीं जा रही है।"

कुल बिकवाए लाल फैशन में,
खेत बिकवाए, बाग बिकवाए
अउ पैंट-बुशट बनवाए लाल फैशन में।

आजी गाना गाते हुए चिढ़ाकर बोले जा रही थीं।

बाबू को बात चुभ गई। वो चिल्लाने लगे—"तो, तु ससुरी चुप होगी कि नहीं।"

बस ससुरी बोलना था नहीं कि ज्वालामुखी फूटना तय था। आजी भाई-बाप, दादा-परदादा सब लगा के गरियाने लगती थीं। अगल-बगल के घरों में ये

गालियाँ रेडियो के कार्यक्रम की तरह बजती रहती थीं। ये इकलौता जोड़ा था जो आपस में बराबरी पर गाली देता था, लेकिन कभी भी बाबू ने आजी पर हाथ नहीं उठाया था।

सारा गाँव जानता था कि बाबू ने कभी फैशन के लिए खेत गिरवी नहीं रखा। बाबू के पास खेत के नाम पर कुछ डिसमिल जमीन थी। दोनों लड़के कमाने-खाने दिल्ली चले गए थे। तीन साल पहले बाबू बीमार हुए थे, गाँव के डॉक्टर चौहान से कुछ नहीं सँभाला गया।

"मावा इनका लइ के शहर जा।"

शहर जाते ही डॉक्टर ने भर्ती कर लिया। हाथ में जो हजार-पाँच सौ था, वो दिया तब जाकर पर्ची कटी। आजी भाग कर गाँव आईं। घर में न गहना न गुरिया।

जिनके लड़के घर खँगाल के निकल जाते हैं, वहाँ कुछ नहीं बचता।

गाँव में कर्जा देने के लिए लोग उतारू न हों, ऐसा नहीं था। कुछ घर ऐसे थे, जो कर्जा देने में फराक-दिल थे लेकिन कर्जा देने से पहले जमीन का कागज रखवा लेते। उन्हीं पंडित जी के यहाँ से आजी ने दस हजार रुपये लिए थे। बाबू महीना भर अस्पताल में रहे, घर की ऐसी हालत, ऐसी कभी नहीं बनी कि कुछ हो पाता। कर्जा बढ़ते-बढ़ते इतना हो गया कि जमीन का कागज जिनके यहाँ गिरवी था, उन्हीं के यहाँ का होकर रह गया। आजी को जब भी गुस्सा आता तो बाबू को सुनाने बैठ जाती थीं।

पाँच साल पहले आजी-बाबू के बड़े लड़के शहर से आए थे, अपना हिस्सा बँटवाने। आजी से बहुत झक हुई लेकिन बाबू ने हार मान ली। जो थोड़ा बहुत था, उसको उनके बड़े लड़के बेचकर चले गए। कहने लगे कि गाँव में आखिर उनके लड़के-बच्चे कहाँ रहने आ रहे हैं।

लेकिन असलियत उन्होंने पट्टीदारी में हरिद्वार दुबे को बताई कि, साहिबाबाद में जिस कम्पनी में काम करते थे, वो बन्द हो गई है। अब एक मॉल में गार्ड का काम करते हैं। बेटा एक प्लास्टिक के बर्तन बनानेवाली फैक्ट्री

में काम करता है। खोड़ा में एक बिल्डर फ्लोर लेना चाहते हैं। बार-बार किराए के घर में इधर-उधर क्या करें, लड़का भी पीछे पड़ा है। गाँव में है ही क्या?

इधर आजी का दिल टूट गया। घर के नाम पर एक कमरा और आगे मढ़ई थी। आजी उसको खूब साफ-सुथरा रखती थीं। खेती से बस गेहूँ और उड़द मिल जाता था, जिससे कुछ मदद हो जाती थी, बाकी खर्चे के लिए छटपटाती थीं। परदेसी बाबू ने कभी भी पंडिताई नहीं की थी। इसलिए उससे कमाई होने का सवाल ही नहीं था। वैसे भी आसपास के पूरे गाँव की जजमानी वकील साहेब के बाबू के पास थी और वह अपने इस काम में किसी को फटकने नहीं देते थे।

गाँव के कुछ एक लड़के थे, जब परदेसी बाबू खड़े होकर 'शिव हरे बीज अंकुर ते वरम' कहते तो लड़के उनका पाँव दबाने लगते। जो पाँव दबाते थे, उनमें से ज्यादातर बहुत ही गरीब घरों से थे, लेकिन कम-से-कम उनको सीधा-पिसान मिल ही जाता या कहीं किसी गरीब-गुरबे के यहाँ पूजा-कथा के लिए वकील साहेब के बाबू भेज देते थे।

अमृता जब तक गाँव में थी, आजी-बाबू के यहाँ जरूर जाती थी। वहाँ अगर आजी मेहरबान हैं तो अमरूद तोड़कर दे देती थीं। कभी-कभी लौकी और नेनुआ भी तोड़कर देती थीं। लेकिन अगर अमृता चोरी से उनके अमरूद तोड़ती तो वो अमृता को भी नहीं छोड़ती थीं।

"जे अपने बाप के खाय लै गयै उ हमार अमरूद का छोड़ी।"

अमृता जब शहर लौट गई, तब आजी का दिल नहीं लगता था। उसके चाचा से कहतीं—"हे भइया बिटिया जबसे गई, जना पेड़वा झुराय ग बा।"

नन्दा बीच-बीच में गाँव फोन करती थीं। उन्हीं से पता चला कि आजी को कोई बीमारी हो गई है। उनका लड़का उनको लेकर दिल्ली गया है।

दिल्ली में आजी को एम्स में दिखाया गया। पूरा दिन आजी बिना खाए-पिए एम्स के एक कोने से दूसरा कोना करती रहीं। जहाँ देखो वहीं मरीज।

आजी को लगने लगा कि उनसे ज्यादा दूसरे लोग बीमार हैं, जब उनको कोई देखनेवाला नहीं है तो मेरा क्या इलाज होगा।

आजी चलते-चलते पस्त हो गईं थीं। उनको पेशाब की कोई बीमारी हो गई थी। उस पर नियंत्रण ही नहीं रहता था। आजी कभी भी दूसरे के सहारे नहीं रही थीं, पहली बार दिल्ली आई थीं। बेटे का छोटा-सा दूसरे तल्ले पर दो कमरे का घर था। बीच में एक पतली-सी गली थी और उसी से मुँह जोड़कर दूसरी लाइन का घर था। आजी का गाँव में घर भले ही किसी को मड़ई लगे लेकिन आसपास कूड़े के पहाड़ नहीं थे। उनके घर के सामने दुआर साझे का सही, एक बाग था, जिससे जी आता था बतियाती थीं, जिससे नाराज होती थीं गरियाती थी। शहर में दोनों ही रिश्ता नहीं था।

जिस शहर के इलाज के भरोसे वो आईं थी, वो बहुत ही महँगा था और बहुत थकाऊ था। चार दिन पहले बस से उतरते समय सरककर गिर गईं। गिरीं तो घबराहट में उनको पेशाब निकल गई। आजी जैसी भी थीं लेकिन उनके अन्दर एक ठसक थी। बात-बात में बताती थीं कि हम चउरा के हई। पाँचवी पास। चउरा ऐसे कहती थीं जैसे बर्मिंघम पैलेस के बारे में बता रही हों। आगे कहती थीं कि हमारे यहाँ कोई औरतों पर हाथ नहीं उठाता है।

बारह

आजी गाँव लौट आईं। लेकिन उनका मन और शरीर दोनों जवाब दे चुके थे। शहर में बेटे का काम छूटा हुआ था। साहिबाबाद की फैक्ट्री बन्द हो गई थी। उनकी बहू सिर पर घूँघट रखकर भुट्टा भूनने का काम करने लगी थी। बेटा दिन-दिन-भर बाहर घूमता था, काम पता करने के लिए। उसका बेटा जो थोड़ा बहुत कमाता था, उसी से घर चल रहा था। आजी हमेशा सोचती थीं कि चलो पोता ही पढ़-लिख जाएगा।

उनके लिए यह देखना आसान नहीं था। कम-से-कम गाँव में थीं तो गुस्से में बेटे-बहू को गरियाती तो थीं।

बीमार होकर आजी शहर गईं थी, शहर से बीमारी की हालत में लौट आईं। गाँव आईं तो अपना पनडब्बा झाड़ी-पोंछी और परदेसी बाबू को पान लगाकर दीं। बाबू को उनके बेटे ने कहा कि डॉक्टर ने जवाब दे दिया है।

एक दिन आजी ने आँख मूँद ली। आजी के चल बसने से परदेसी बाबू ने कान में चम्पा का फूल खोंसना बन्द कर दिया, उनका घर जैसे झंखाड़ हो गया।

अमृता बहुत दिन बाद गाँव आई तो देखा कि परदेसी बाबू तो ऐसे रोते हैं, जैसे कोई नन्हा बच्चा। झर-झर आँसू बहते।

"बिटिया, कहाँ चली गई तुम्हारी आजी हमको छोड़कर।"

बाबू के पास जमीन-जायदाद के नाम पर कुछ ढिसमिल जमीन थी और एक अधकच्चा कमरा और मड़ई। किसी ने लिहाजवश तो किसी ने लालचवश उनको खाना पूछा। ज्यादा दिन नहीं चले बाबू, बहुत दूर परदेस चले गए। धरती से दूर।

गाँव में लोगों का शहर आना-जाना लगा रहता था। कोई जाता तो कर्जा काढ़कर जाता था। कुछ ही परिवार थे जो जाते समय घोड़ा-गाड़ी चढ़कर जाते थे। ज्यादातर सफेद प्लास्टिक की बोरी में थोड़ा चाऊर, दाल, खटाई लेकर जाते थे। वो देर तक बाजार में शहर जानेवाली जीप या बस का इन्तजार करते थे। ऐसे ही लौटना था। कुछ ही भाग्यशाली लोग थे, जो शहर से घोड़ा-गाड़ी करके लौटते थे। ज्यादातर को शहर से आई बस, गाँव की बाजार में ठेल देती थी। बाजार आकर वो पूरी कोशिश करते थे कि गाँव में इज्जत-पानी बनी रहे। वहीं से थोड़ा लाई-गट्टा या मिठाई ले लेते थे। कोई मेहरबान मिल गया तो बाइक से पत्नी-बच्चों को गाँव छोड़ देता था। लेकिन ये मेहरबानी भी इतनी आसान नहीं थी।

कई बार शहर से कोई आता था तो वो खाँसते हुए, एक हड्डी होकर आता था। गाँव में लोग कहते भी थे—"फलाने दकाऊ बेमारी लै के आए हैं।"

लेकिन दकाऊ बेमारी का हल्ला बहुत दिन नहीं चलता था। घर का खाना, साफ हवा-पानी से कई लोग भले-चंगे हो जाते थे। खपड़े जैसे गाल लेकर आए लोगों का चेहरा भर जाता था। ऐसा लगता था कि जिस उमर में शहर गए थे, उसी उमर में वापस आ गए थे। वैसे औरतों की हालत इसमें अलग थी, ज्यादातर औरतें शहर से आने के बाद गोराई रहतीं। वैसे कुछ एक झुरा भी जाती थीं।

नन्दा पहले जब शहर से आती थी तो अड़ोस-पड़ोस की औरतें मिलने आती थीं। बाजार से वह लाई और गट्टा जरूर लाती थी। गाँव के बच्चे अपने माँओं के साथ मिलने आते थे। उसकी सास अपने कोइछा में लाई उलट लेती थी और सारे बच्चों को एक-एक मुट्ठी लाई और गट्टा पकड़ा देती थीं। गाँव के बच्चों को शहर से आए लोगों से मिलने का यही उत्साह था।

अमृता जब तीन-चार साल की थी और गाँव आई थी तो वो भी अपनी फ्राक उठाकर के दादी से लाई-गट्टा माँगने लगी। नन्दा की सास के दो बच्चे ही जी पाए थे, पैदा तो चार हुए थे। पहलौठी दोनों लड़के झुक गए, मर गए। नन्दा की सास बताती थी कि सौरी में दिया बहुत ही कम जलता था। पता नहीं जमुआ छु लिया कि क्या हुआ, दोनों बार लड़के छह दिन होने से पहले ही मर गए। तीसरा बच्चा लड़की हुई, उसका नाम उन्होंने कान्ति रखा। कान्ति के बाद लड़का हुआ कृष्ण कुमार। दोनों बच्चे स्वस्थ रहे।

नन्दा की सास बहुत ही सीधी थी। कान्ति का विवाह उसके पन्द्रह वर्ष की होते-होते हो गया, लेकिन पहले ही गर्भधारण में उनकी मौत हो गई। पूरे गाँव में कान्ति के मरने पर शोक छाया था। कृष्ण कुमार अपनी माँ को बहुत प्रेम करते थे। बहन की मृत्यु के बाद से माँ बहुत ही उदास रहती थी। वैसे भी माँ ने कच्ची उम्र में ही वैधव्य झेला था। नन्दा और उनकी माँ की आपस में लड़ाई हो, ऐसा भी नहीं था लेकिन जब पैसा डूबा तो नन्दा कुछ भी सह नहीं पाई थी और कृष्ण कुमार की माँ को भी कुछ-न-कुछ बोलने लगी थी।

ग्रामीण जीवन या तो किसी को लड़ाका और हरहट बना देता है या फिर बहुत सीधा ही रखता है। इतना सीधा कि उसको कोई कुछ भी बोलकर निकल जाए। नन्दा की सास दूसरी प्रजाति की थीं, वो किसी से लड़-झगड़ नहीं पाईं। किसी को पलटकर जवाब नहीं दे पाईं। पति की असमय मृत्यु और दो बच्चों का पालन-पोषण करने के लिए कितने लोगों के बोल सुनकर जीवन बिता दिया।

सुख का एक झोंका तब आया, जब कृष्ण कुमार बड़े हुए। कृष्ण कुमार गाँव से दसवीं तक पढ़े थे। माँ ने कलेजे पर पत्थर रखकर उन्हें दिल्ली जाने दिया था। दिल्ली में वो बिजली का काम करते थे। कान्ति ने दसवीं का इम्तहान दिया तभी उसकी शादी हो गई।

कृष्ण कुमार के देखुआर आए तो नन्दा की सास ने उस दिन सूजी का हलवा बनाया और बैंगन-आलू की पकौड़ी तली। वो हर तरह से जताना

चाहती थीं कि उनके घर अगले की लड़की खुश रहेगी लेकिन रिश्ता होने से पहले ही कट गया। किसी ने अगुआ को जाकर बता दिया कि घर में पेट-भर खाने के लिए नहीं है, वो तो चाचा ताऊ हैं कि रोटी चल रही है। नन्दा की सास का दिल बहुत दुखा।

उन्होंने परदेसी बाबू से अपना दुख बताया। परदेसी बाबू ने अपनी ससुराल के एक परिवार की ओर इशारा किया कि एक लड़की वहाँ है, लेकिन थोड़ा शहराती परिवार है। लड़की अपने परिवार के साथ बम्बई रही है। कृष्ण कुमार की शादी नन्दा से हो गई। नन्दा जब विवाह के बाद दुआरे पर उतारी गईं तो थोड़ा तेज चल रही थीं, नाउन ने उनको दबाया लेकिन मजबूत कद-काठी की नन्दा की चाल में शहर आ गया था। नाउन समझ गई कि बहू शहराती है। नन्दा भले शहराती थी लेकिन अपने सास के जीवन की अँजोर थी। कान्ति के निधन के बाद परिवार टूट गया था। कृष्ण कुमार ने दिल्ली में ही कमरा ले लिया था। नन्दा और उसकी सास वहीं रहने लगे।

अमृता के पैदा होने पर फिर से जीवन में आस भर गई। कृष्ण कुमार का बिजली-फिटिंग का काम था। वो पूरब की ओर के एक ठेकेदार के लिए काम करते थे। थोड़ा-थोड़ा करके इतना रुपया कृष्ण कुमार ने इकट्ठा कर लिया था कि एक कमरा और रसोई का कच्चा फ्लोर ले लें। इसी बीच किसी ने उन्हें सुझाया कि अगर कमेटी में पैसा डाल दें तो जल्दी ही कुछ बढ़ के इकट्ठे पैसा मिल जाएगा। लेकिन जिसने कमेटी शुरू की थी वो भाग गया। बहुत पुलिस-कचहरी हुई लेकिन कुछ पता नहीं चला।

नन्दा गाँव तो आ गई थी लेकिन जी भीतर से खट्टा हो चुका था। अगले दिन नाली की निकासी को लेकर सुरेश बहू ने नन्दा से झगड़ा किया था। वैसे भी गाँव में अगर शहर छोड़कर कोई वापस गाँव बस गया तो पसन्द नहीं किया जाता था। उसके पीछे दो कारण थे। पहला तो उसके लौटने तक

कोई-न-कोई उसके घर के आसपास गाय-गोरू के लिए अतिरिक्त जगह बना लेता है और दूसरे एक उम्मीद बन जाती है कि आज नहीं तो कल जमीन उसी को मिलेगी। लौटकर वापस आया परिवार, वापस अपनी जगह के लिए लड़ता है। दूसरे का दिल तो यूँ हो जाता है कि गिरा रुपया मिला, अभी हाथ में लेकर ठीक से देखा नहीं और पट से जिसका रुपया था, लेने आ गया।

"अपुआ के दाल-भात, भतरा के भौरी। अइसे नहीं कोई घर छोड़ के चला जाता, न मालूम कौन करम देखा होगा।"

नन्दा को सुरेश बहू ने कह के ताना मारा था। नन्दा अब तानों का जवाब नहीं देती थी। अब ताना-मेहना उतना टीसता भी नहीं था। बस वह किसी तरह यहाँ से निकल जाना चाहती थी। भला हो पुरानी मकान-मालकिन का, वो बीच-बीच में फोन करती थी। वैसे उनकी हालत भी कुछ खास नहीं थी, एक अस्पताल में गार्ड का काम करती थीं। लेकिन बाहर निकलने से उनके अन्दर बड़ी हिम्मत थी। नन्दा को ढाँढ़स देती थीं कि आ जाओ कोई काम ढूँढ़ लेंगे।

नन्दा जगी हुई रात के आखिरी पहर की बारिश देखती है, पिछले तीन दिन से झड़ी लगी है। अरबी के पत्तों पर बूँदें गिरती हैं जैसे आँसू झर रहे हों। वो आँसू की तरह ही टूटती हैं। सावन की झिमिर-झिमिर लगी थी। मड़ई के किनारे केना फुलाया था। हलके ललछहूँ बैंगनी रंग से रँगा केना देवताओं की दृष्टि में भी फूल नहीं था, कोई ऐसा न था जो उसे फूल समझ बालों में सजा लेता या कलेजे से लगा लेता। केना तो पहले से ही परित्यक्त है।

ई देह भी कैसी चीज है! कभी ऐसी भी हो जाती है, जिसमें जिसकी देह है, वही नहीं चीन्हता है। कभी-कभी उसके भीतर से एक हुड़क की लहर उठती थी, फिर वो उसको दबा देती थी।

गाँव में ऐसा कोई नहीं था, जिसके सहारे जिन्दगी पार होती।

नन्दा की जब तक सास थी, तब तक तो फिर भी निभ गई। अब गाँव उससे सपर नहीं रहा था। वह बस मौका देख रही थी कि कैसे यहाँ से निकले। शहर में दूसरे के यहाँ बर्तन-चौका करके वह घर चला लेगी। वहाँ अमृता भी ठीक से पढ़ लेगी। अब वो गाँव नहीं रहेगी।

कुछ लोग भले ही कच्ची उम्र में मर जाते हैं और उनकी मौत का दुख पूरी उम्र सालता है लेकिन जो गायब हो जाते हैं, उनके लिए कोई क्या सब्र करे। उनके लिए आशा-निराशा रोज बनती-बिगड़ती है और मन यही कहता है कि कोई कुछ तो खबर दे दे—चाहे यही क्यों न हो, कि वो नहीं रहा।

तेरह

क्या हो रहा था? क्या वह सपना देख रही है? या उसकी नींद टूट गई है। सब लोग खाना खा रहे थे। कच्चा खाना था, दाल-चावल और करेले की सब्जी थी। कच्चा खाना यानी मृत्युभोज। अमृता को दादी की एक बात याद आई, फिर उसने सिर को झटका दिया। ये कहाँ दिमाग जा रहा है।

उसने सपने को याद करने के लिए दिमाग पर जोर डाला।

नींद का निश्चिन्त हिस्सा टूट चुका था। अमृता जो कर रही थी, वो सायास चित्रों को जोड़ना था। सारे लोग खाना खा रहे थे, अमृता को रह-रहकर पिता की याद आ रही थी कि करेले की सब्जी पापा को बहुत पसन्द है। पिता के बारे में इतनी बातें सुनती रहती थी कि हर चीज के साथ पिता जुड़ गए थे।

सपने के भीतर कोई चेतन स्वर था, जो अमृता से कह रहा था कि पिता कब के चले गए। वास्तव में वह और माँ, खाना खा रहे हैं। ठीक वैसे जैसे रोज खाते हैं। रह-रह करके दिमाग में एक आशंका की तरह कुछ घूम रहा है। पीपल झूम रहा है। उसके पत्तों की तेज आवाज आ रही है। लेकिन फिर चेतन हिस्सा समझाता है कि वो गाँव से कब के आ चुकी है। एकाएक उसे बहुत तेज प्यास लगने लगी और उसकी आँख खुली तो ऐसे लगा कि पैर के पास बाबा बैठे हैं, दादी बैठी हुई हैं। बगल में उसके पापा बैठे हुए हैं। ये इस दुनिया के लोग नहीं थे। ये क्यों आए हैं? उसके सपने में, क्यों आए हैं? क्या वह मृत्यु से डरती है?

उसे सुरेश अंकल पास में खड़े दिखाई दिए। वही तो थे, जिनसे माँ अपना सुख-दुख कहती थी। उन्हीं की वजह से उसकी माँ कभी-कभी मुस्कुराती थी।

दिल्ली में रिश्तेदार थे लेकिन नन्दा के लिए उनकी पुरानी मकान-मालकिन और पापा के पुराने दोस्त सुरेश अंकल बहुत कुछ थे। उन्होंने ने ही नन्दा को हिम्मत दी थी। नन्दा पास की एक बड़ी सोसाइटी में खाना बनाती थी।

अभी हफ्ते भर पहले ही कहा था नन्दा ने—"कहीं बढ़िया मटर दिखे तो ले आना। सुरेश जी को पसन्द है।"

"क्या निमोना बनाओगी?"

"हाँ। सुरेश जी कह रहे थे, भाभी तुम निमोना बढ़िया बनाती हो।"

सुरेश जी अमृता के पापा के दोस्त थे। थोड़े पुराने खयाल के आदमी थे लेकिन माँ का ध्यान रखते थे। उनकी पत्नी थोड़ा शक्की टाइप की थीं। वह पहले भी माँ से अपने पति के बारे में कुछ-कुछ बोलती रहती थीं, जो माँ को ठीक नहीं लगता था। पति-पत्नी में बिलकुल नहीं पटती थी। नन्दा को लगता था कि सुरेश ज्यादा आना-जाना करेंगे तो उनकी पत्नी उनको लेकर भी कुछ-न-कुछ लगाने लगेंगी। भला हो कि कम ही आएँ। ये बात उन्होंने सुरेश जी को भी बता दी थी। लेकिन ये बातें बताने की कहाँ होती हैं।

खुद नन्दा को सुरेश जी का आना अच्छा लगता था, वह उनसे अपना सारा सुख-दुख कहती थी। लेकिन साथ में नन्दा डरती भी थी कि कहीं कोई हंगामा न खड़ा हो जाए। अमृता जानती थी कि माँ के फोन में एक नम्बर है, जिसे सिर्फ ए एन लिखा है। उसके व्हाट्सएप पर रोज कोई मैसेज भेजता है, जिसे माँ रोज डिलीट कर देती है।

चार दिन पहले फोन आया कि सुरेश जी की एक्सीडेंट में मौत हो गई। वो मोटरसाइकिल से अपने बेटे के साथ उसका इम्तिहान दिलवाने ले जा रहे थे। पीछे से किसी कार ने ठोक दिया। बाप-बेटे दोनों ने हेलमेट पहना था और अपनी लेन में थे। कार इतनी तेज चल रही थी कि उसका सेफ्टी बैग खुलने के बाद भी ड्राइवर को बहुत चोट आई है।

एक्सीडेंट में सुरेश जी नहीं बच पाए, उनका बेटा सही सलामत है। नन्दा ने जबसे सुना है, तब से परेशान होकर घूम रही है। कभी रोती है तो

कभी घर में बिखरा सामान समेटने लगती है। बिखरा घर समेटने में ही वो सारी उम्र लगी रही। नन्दा हमेशा से अपना दुख ऐसे ही बाँधती थी। भीतर की कसक किससे कहती।

तीन दिन से वह सुरेश जी के यहाँ लगातार जा रही है। वहाँ जाकर भी एक कोने में खड़े होकर रोती है, फिर खुद ही कहने लगी कि कोई ये न कहे कि आखिर ये क्यों रोज दिन-भर यहाँ पड़ी रहती हैं।

अमृता भला इस सवाल का क्या जवाब देती। उसे माँ का स्वभाव पता है लेकिन अपनी माँ के चेहरे का सूनापन देखकर उसको रुलाई आ गई। "मम्मी तुम ज्यादा न सोचो" कह के उसने माँ का कन्धा पकड़ लिया। नन्दा अपनी बेटी के गले लगकर खूब रोई।

जानते हैं शहर हर तरह से आधुनिक दिखते हैं। अपने कपड़े-लत्ते, बोलचाल में, बालों के कट में, जूते और व्यवहार में एकदम अलग लगते हैं। गाँव का आदमी शुरू-शुरू में यहाँ बउक लगता है। जब सड़क पर तेजी से आती-जाती गाड़ियों को देखता है तो उसे लगता है कि रास्ता कैसे पार करेगा। पतली-पतली मेड़ों पर चलनेवाला आदमी, चौड़ी सड़कों पर ज्यादा असुरक्षित महसूस करता है। भट्टा की मिट्टी कटाई के बाद दोनों तरफ गहरी खाईं के बीच से साइकिल रो कैरियर पर बोरा बांधे या डंडे पर बच्चे को बिठाकर साइकिल चलानेवाला आदमी, यहाँ घबरा जाता है। औरतें तो और डर जाती हैं, कुछ असामान्य-सा व्यवहार होता है। कभी तेज चलती हैं तो कभी अपनी चाल बिलकुल धीमे कर देती हैं। कभी-कभी तो एकदम से ठस हो जाती हैं।

फिर शहर दौड़ाना शुरू करता है।

धीरे-धीरे शरीर को आदत लगती है। जल्दी-जल्दी बोलते लोगों की आवाज फरियाने लगती है। आजी भी अपने गाँव की सबसे तेज-तर्रार औरत थीं लेकिन वो शहर में आकर यहाँ की चाल से संयत नहीं हो पाईं।

गाँव से जब कभी शहर जाती थीं, तो कंडक्टर को दही-जरा के नाती कह के गरियाती भी थीं और कहती थीं कि "हमार हाथ पकड़ के गत्ते से, धीरे से उतार दिहा।"

दिल्ली में जब बस से गिरीं तो उनके पैर में झटका तो लगा ही, दिल भी झटक गया। किसको गरियाएँ?

शहर की एक चाल है। वह धीमा होकर भी धीमा नहीं दिखता। तीस-चालीस साल तक कोई किसी पतली-सी गली की अँधेरी सीढ़ियों वाले घर में किरायेदार होकर गुजार देता है। हर दिन, हर रोज, हर क्षण, वही कल वाला दिन जीता है। कुछ भी नया नहीं, कुछ भी अलग नहीं। उदास होकर कोई अकेले में मर जाता है लेकिन शहर खुश दिखता है। हँसता हुआ रहता है। वह अन्धविश्वास में डूबा रहकर भी आधुनिक दिखता है। उसके अन्धविश्वास बात-बात में फिंगर-क्रास कहते हैं, उसका नजरिया—नजर न लगने का टोटका फैंसी होता है। उसकी दुकानों पर सुबह-सवेरे नींबू-मिर्ची की सप्लाई होती है।

नन्दा को बहुत वक्त लगा शहर की रफ्तार से मिलान करने में। बम्बई में बचपन में रही थी, वो भी चॉल में, वहाँ बाहर निकलना कम होता था। घर पर ही परिवार के साथ बड़ी तोड़ने का काम करती थी।

नन्दा उस दिन बहुत रोई। अमृता भी भीतर से हिल गई। उसने अपनी माँ को यूँ रोते हुए नहीं देखा था। पता नहीं क्यों, पर उसे लगा कि अगर माँ को पिता की मौत का पता लग गया होता तो माँ रो लेती। खूब रोती और फिर हर दिन इन्तजार नहीं करती।

रात अमृता नींद में बड़बड़ा रही थी। उसका माथा तप रहा था—जीवन ऐसा क्यों है? एकाएक उसके पैर की नस चढ़ गई। पैर में तेज अकड़न हो गई और वो तेजी से चिल्लाई—"मम्मी मेरा पैर रगड़ दो, दायाँ वाला, जल्दी-जल्दी।"

लड़की पिछले पन्द्रह सालों से अपनी माँ को, अपनी दादी को रोज घुलते हुए देख रही थी। इन पन्द्रह वर्षों का शुरुआती हिस्सा उन्होंने गाँव में ही बिताया था। पापा के रहते गाँव में रहना अलग बात थी, लेकिन पिता के न रहते गाँव में रहना एकदम अलग अनुभव था। ऐसे लगा कि गाँव एकदम से बदल गया। बस कोई नहीं बदला था, तो सरपत के झुंड के बीचों-बीच चुपचाप बहती नदी। उसका पानी अब भी वैसे ही मटियाला होकर हौले-हौले बहता रहता था। अब भी उसके किनारे कोई कछुआ धूप लेते दिख जाता था।

गाँव जाने पर जब अमृता को कुछ नहीं सूझता, तब वह नदी के ऊपर बनी पुलिया के पास आकर बैठ जाती। लेकिन वहाँ बैठना भी आसान नहीं था—"का रे इहाँ का बैठी हो" कह के कोई-न-कोई बुला लेता। किसी लड़की को अपने हिस्से का अकेलापन मिलना कहाँ आसान है, उसे तो हमेशा ही लोगों के बीच होना चाहिए।

ये टोका-टोकी इतनी ही नहीं थी। जरा-सा खुश होती तो कोई कहता—"इनको देखो, देख के लगता ही नहीं कि बाप हेरा गया है।"

कुछ समझ नहीं आता था।

हर दिन ताना सुनना पड़ता था। दूसरे कोई काम नहीं था, तो हर दो पैसे के लिए किसी के ऊपर मोहताज रहना पड़ता था। अमृता बड़ी हो रही थी। वहीं गाँव के स्कूल में पढ़ती थी। इसी बीच उसकी दादी की मृत्यु हो गई। अमृता की दादी को हमेशा पछतावा रहा। वैसे वो कभी भी कर्कश औरत नहीं थी लेकिन उस दिन वो बर्दाश्त नहीं कर पाई कि बहू दो दिन से खाना नहीं पूछ रही है। वह भी हर दिन खुद को ही कोसती थी लेकिन कोई क्या करे कुछ चीजें लौटकर नहीं आती हैं। आती भी हैं तो वैसी कहाँ रहती है?

आदमी उदास होता है तो वह भूल जाता है कि वह आदमी है। वह ऐसा जीव है, जिसने पूरी दुनिया को अपने हिसाब से तोड़-मरोड़ दिया है। उसने कितने कीट-पतंगों, चिड़िया-चुगुन की दुनिया तहस-नहस कर दी है।

कितने ताल-तलैया, पोखर को पाट दिया है। जब वह गहरे दुख में होता है, तब उसे याद आता है कि वह ऐसा ही है, जैसे 'सब हैं। दुख-विछोह उसे वापस वहाँ ले जाकर छोड़ देता है, जहाँ से इनसान ने अपने जीवन की शुरुआत की थी। जब वह बहुत अशक्त था। वह पेड़, पोखरे, पाथर सबसे बातें करने लगता है।

राजा राम की पत्नी सीता जब खो गई थीं, तो वह भूल गए कि वह महान राजा राम हैं। वह पेड़-पक्षी सबसे सीता का पता पूछने लगते हैं—"हे खग-मृग हे मधुकर श्रेणी, तुम देखी सीता मृग नैनी?" रतनसेन जब नागमती को छोड़ गए तब नागमती सुआ से, सुग्गा से बतियाती थी—"कुहुक-कुहुक जस कोइल रोई, रकत आँसु घुँघची बन बोई।" लेकिन रतनसेन को क्या पता? नागमति रक्त के आँसू रो रही हैं। उनका तो दिल कहीं और बस गया था और उसके सिवाय कुछ नहीं सूझता था।

नन्दा को भी कई बार लगता कि कहीं अमृता के पापा के दिल में कोई और तो नहीं बस गया था। उसी के साथ रहने के बहाने से चले गए।

आदमी को जब कोई नहीं मिलता या आदमी जब अपने को सबसे कमजोर या असहाय महसूस करता है तो हर असहाय चीज के साथ जुड़ जाता है। वो अपनी तकलीफ अपने गाय-गोरू से भी कहता है। जैसे कि नन्दा अपनी बात कुकर और कड़ाही से कहती थी।

वह रसोई में काम करते समय कहती थी—"का हो कुकर, तुहऊँ न ठीक से चलब्या। चला, जा तुहूँ खराब होइ जा, जेका-जेका हमई छोड़ के जाए के होय चला जाए।"

जिसको-जिसको मुझे छोड़के जाना है चला जाए।

अमृता के दिमाग में जितना पिता की छवि धूमिल होती जा रही थी, उतनी ही उनकी उपस्थिति बढ़ती जा रही थी। उसने एक दिन फोन पर पापा की पुरानी फोटो को स्कैन करके एक ऐप पर डाला। तसवीर पहले से ही बहुत धुँधला गई थी। ऐप ने पापा को ऐसा बना दिया, जैसे वो विदेशी हों। पापा बहुत सुन्दर लग रहे थे, नन्दा देखकर पहले तो हँसी फिर आँख भरकर बोलीं—"भक् ऐसी शकल कहाँ थी उनकी।"

भला होता कि पिता न रहते, मर चुके होते। मर चुके होते तो माँ इन्तजार में घुलती न होती, दादी को कुछ भी खाते-पीते ये न लगा होता कि पता नहीं उनका बेटा कुछ खाया है या नहीं।

ये जो गुम हो जाना है, वह हर दिन खोने की कसक बढ़ा देता है। उस हेराए जीव को कोई कहाँ-कहाँ नहीं खोजता है। हर ठौर ढूँढ़ता है और हर पल सोचता है कि पुख्ता हो जाए कि मर गया है। अमृता ने दादी को पछतावे में घुलते हुए देखा था और माँ को देख रही थी। वह खुद भी नहीं समझ पाई कि कब पछतावे की आग में जल रहे घर में बड़ी हो गई।

चौदह

बारिश जोरों की थी। आँगन के जिस हिस्से में ईंट नहीं गिरी थी, वहाँ काई-सी जम गई थी। बड़ेलाल बड़ी जोर से छटक के गिरे। सीली लकड़ी से आग कहाँ जलती, पूरी रसोई में धुआँ भरा था। अन्दर से उनकी पत्नी के खाँसने की आवाज आ रही थी। घर में गैस का चूल्हा था लेकिन उनकी पत्नी को उसको छूने की मनाही थी।

यह घरेलू कलह का अगला चरण था। घर में अगर सुविधाएँ हैं भी तो, उन्हें छूने नहीं देना है।

बारिश थमने का नाम नहीं ले रही थी। आसमान में काले-घने बादलों की होड़ थी, जैसे प्रकृति कोई विनाशलीला करना चाहती है। जामुन की आरर डाल यूँ टूटी कि मानों गाँव में कोई बादल फट गया हो। चारों ओर अफरा-तफरी। ऐसी ही एक होड़ उस दिन घर में भी थी।

ये घर कलह से भरा था। ऐसा लगता है कि यहाँ के बर्तन भी सुबह से लड़ना शुरू कर देते हैं। सुबह होती नहीं थी कि उनकी माँ की चिक-चिक शुरू हो जाती थी। दो महीने पहले जो हुआ था, उससे बड़ेलाल का मन भर गया था।

बड़ेलाल की आँख रह-रहकर भर आती थी। जब सभी छोटे भाई थोड़ा-बहुत पढ़ाई करके दूसरे शहरों की ओर कमाने जा रहे थे, उस समय वो बाहर नहीं गए।

ऐसा नहीं था कि जाते तो कुछ काम न कर पाते लेकिन तब पिता जी ने कहा था—"जब सारे लोग निकल जाओगे तो जानवर और मर-मुकदमा कौन देखेगा?"

उस समय बड़ेलाल ने फैसला लिया कि नहीं जाएँगे और घर पर रहकर खेत और मुकदमा देखेंगे। लेकिन उसका फल क्या मिला? उनकी पत्नी की पनियाई-सी आँख हर बार यही पूछती थी।

चाहकर भी सुधा कभी बड़ेलाल से ये सवाल, एकान्त के क्षण में भी सीधे नहीं पूछ पाती थी। सही माने में वह बड़ेलाल के स्वभाव के कारण ही चुप थी। उसे भी लगा कि गाँव में रहकर घर-द्वार देखनेवाला कोई होना चाहिए। दूसरे वो घर में झगड़े का कारण नहीं बनना चाहती थी। हर दिन यही सोचती थी कि हमारे कोई लड़का-बच्चा नहीं है, कल को यही अपने काम आएँगे।

सुधा के बच्चा नहीं है तो उसके पीछे भी घर के हालात थे।

जब शादी होकर आई थी, उसके दो माह बाद ही वह गर्भवती हुई थी। बच्चा पूरे आठ महीने ठीक रहा। घर का काम-काज वह करती रही। एक दिन सवेरे उसको महसूस हुआ कि बच्चा पेट में डोल नहीं रहा है।

उसने धीरे से अपनी सास को बताया कि न मालूम काहे बच्चा हिल-डुल नहीं रहा है।

सास ने यही कहा कि हो जाता है कई बार।

पूरा दिन बीत गया। किसी ने सुध नहीं ली कि उसकी बात सुने। बड़ेलाल भी मुकदमे की तारीख पर शहर गए थे। उसी दिन, जिनके साथ मुकदमा चल रहा था, उनके यहाँ से झगड़ा हुआ था। ये मुकदमा भी दादा-परदादा से चला आ रहा था। बहस इस पर थी कि जिस जगह पर पड़ोसी गाय-भैंस बाँधते हैं, वो जगह सुधा के परिवार की है। पड़ोसियों ने जबरन कब्जा कर लिया है। अब तो बात शान की है। बड़ेलाल पहले ही रात देर से आए थे, दूसरे दिन सुबह से झगड़ा हो रहा था। दोनों परिवार एक-दूसरे की माँओं को बाँस लगाने की धमकी दे रहे थे। सुधा की सास भी पानी पी-पीकर झगड़े मे शामिल थीं। कभी झगड़ा रोकती तो कभी भड़का रही थीं। शाम होते-होते सुधा की हालत खराब हो गई। वह आँगन में बेहोश हो गई। उठा-पठा कर नाजरेथ अस्पताल पहुँचाया गया तो पता लगा कि बच्चा एक दिन पहले ही

पेट में मर चुका है और सुधा के शरीर में जहर फैल रहा है। उसी हालत में बच्चेदानी का आपरेशन करवाना पड़ा।

परिवार के लिए यह पूरा मुद्दा इतना भर था कि पड़ोसी ने कुछ करा दिया है। उन्होंने जरूर कुछ ऊपरी-पराई करवाई है। उनकी वजह से ऐसा हुआ है। इस बात को बीते भी कई साल हो चुके हैं। बड़ेलाल और सुधा के घर पर रहकर गृहस्थी सँभालने के फैसले की पहले तो सराहना होती रही, पर धीरे-धीरे वो घरेलू नौकर से भी बदतर हालत में पहुँच गई। जब देवरानियाँ शहरों से आती थीं, उसका काम सबकी सेवा-टहल हो गया और ये जिम्मेदारी आन पड़ी की सबको गाँव से जाते समय दाल, आटा, अचार बाँध के देना है। देवरानियाँ आते समय सास के लिए कुछ-न-कुछ लेकर आती भी थी। वह तो कुछ नहीं दे सकती। मायके से भी मजबूत नहीं थी। लोग भी उसके दिन-भर के काम की चर्चा कम, साड़ी और दूसरे उपहारों की चर्चा ज्यादा करते थे। बड़ेलाल चौहान मुँह के कमजोर थे। वह भीतर से इच्छा तो करते थे कि वह भी जोर-जोर से बोलें-चिल्लाएँ लेकिन कर नहीं पाते थे। जो काम कभी नहीं किया, उसको कोई कैसे करे।

सास अब अपनी न रही थी, न मालूम उनको क्या हो गया था, उनकी रोटी तक गिनती थी। सुधा की आँख कई बार भीग जाती थी, वह मायके से भी कमजोर थी। उसको लगता कि वह सन्तोषी माता की कहानी की छोटी बहू है, जिसके बेरोजगार पति को उसकी माँ जूठे अन्न का लड्डू बनाकर खिलाती है और जिसके न रहने पर वो भूसी की रोटी और नारियल के खोपरे में पानी देगी।

'पेट आटय कि भरसार'—जब तब यही सुनने को मिलता था।

जितनी सीलन लकड़ी में भर गई थी, उतनी ही सीलन बड़ेलाल की पत्नी के हृदय में भर गई थी। वो भी न जलती थी न बुझती, बस धुआँ-धुआँ रहके कसमसाती थी। नतीजन वो जल्दी ही हाँफने लगती थी। बड़ेलाल से आज कुछ भी देखा नहीं जा रहा था। वो पिता जी के पास जाकर कहने लगे हमारा हिस्सा-बाँट कर दीजिए। हम अलग रहना चाहते हैं।

"हिस्सा तो ऐसे बँटवा रहे, जैसे कमा के धरे हो। कुछ न मिली।" बड़ेलाल के बाबू क्रोध में चिल्लाए।

"जा कमा और खा।"

"त हम इतना दिन जो बरधा की तरह काम किया, उसका कोई मोल नहीं?" बड़ेलाल से नहीं रहा गया तो बोल पड़े।

छोटा भाई पीछे से चिल्लाया, "त का इतना दिन चाँपत नाईं रह्या।"

बात बढ़ती गई। दोनों छोटे भाई बल्लम लेकर बड़ेलाल के ऊपर चढ़ बैठे। बड़ेलाल ने गुहार लगाई—"अरे, केहू बा हो। अरे, बचावा हो। गोहार। गोहार।"

गुहार की कैसी आर्तनाद थी कि वो पूरे गाँव में छा गई। हर घर में गूँज गई। लेकिन कौन जाए।

"अरे, केकरे लगे एतना टाइम बा? ई तो रोज के बात अहय।"

बड़ेलाल को बहुत उम्मीद थी कि गाँव में गुहार की आवाज सुनकर लोग भाग आएँगे। गाँव में कोई भी आपत्ति, दुख-तकलीफ पड़ने पर कोई भी गुहार लगा सकता था। लोग अपना कामकाज छोड़कर वहाँ पहुँच जाते थे। उसे याद है कि बचपन में ऐसी बरखा लगी थी। गोमती उलट पड़ी थी गाँव पर, उसके यहाँ कच्ची भीत गिर गई थी।

"तब लगावा रहा गुहार। पूरा गाँव फाट पड़ा रहा।"

सब दौड़ के आए थे। आज भी आएँगे वो सबसे कहेगा, अनर्थ की कहानी। क्या-क्या बीत रहा है उस पर! कैसे वो जानवर से बदतर जिन्दगी जी रहा है।

"अरे, बचावा हो! गोहार! गोहार!"

आवाज इतनी तेज थी कि कान के जर्जर बुढ़ऊ बाबू तक भी पहुँच गई थी। बुढ़ऊ बाबू यानी बड़ेलाल के दादा। चलने से अशक्त थे। घर में तो आते नहीं थे, मड़हा में ही रहते। लेकिन पेंशन मिलती है, इसलिए उनको लोग जिया रहे हैं। पिता जी और छोटे चाचा के यहाँ उनका खाना बँटा था और पेंशन भी, फिर भी झगड़ा तो होता ही था। बाबू के अन्दर जान न थी।

फिर लाठी टेंगे आ गए। मोहारा चढ़ ही रहे थे कि पाँव में ठेक लग लगी और कराह उठे।

गुहार लगी, लेकिन कोई न आया और जब तक कुछ एक आए, तब तक बहुत देर हो गई थी। शहर हो या गाँव दूसरे का दुखड़ा सुनने के लिए किसके पास फुर्सत है।

बड़ेलाल उस दिन जो घर छोड़कर निकले तब से गाँव न लौटे। उनका जी उचट गया। खेती-बाड़ी का काम किए थे, मेहनत-मजूरी से परहेज नहीं था। एक टेंट हाउस के लिए रिक्शा खींचने का काम मिल गया। वही जहाँगीरपुरी में किराये पर रहने लगे। टेंट हाउस का रिक्शा खींचते थे, महीने की पगार मिलती थी जितनी भी थी, जैसी भी थी, गुजारा हो रहा था।

अपने साथ सुधा को नहीं लेकर आए थे। सुधा के भाग्य से सन्तोषी माता की कहानी की तरह पति परदेस में जाकर किसी सुन्दरी के प्रेम में नहीं पड़ा और न ही सुधा को भूसी की रोटी खानी पड़ी और न ही नारियल के खोपरे में पानी पीना पड़ा। एक महीने बाद सुधा को बड़ेलाल जहाँगीरपुरी लेकर आ गए। वहीं से उन्होंने पहाड़ की तलहटी वाली कॉलोनी में अपना कमरा ले लिया।

फिर वहाँ एक दिन आग लग गई और सब कुछ जल गया।

सुधा को साँस की तकलीफ शुरू से ही थी। जहरीली गैस से उसकी हालत और खराब हो गई। भर्ती कराया गया लेकिन पन्द्रह दिन बाद खतम हो गई।

सुधा के खतम होते ही बड़ेलाल की दुनिया भी खतम हो गई। गाँव गए। गाँव से वापस आए। गाँजे में डूबे बेमन से इधर से उधर डोलते रहते हैं।

पन्द्रह

बारिश की झड़ी लगी थी। बुखार उतर ही नहीं रहा था। भूख की आग बुखार के ताप को दहका रही थी। पहले कोरोना ने रोजी-रोटी मुँह से छीन ली थी, अब दिल्ली में डेंगू-चिकनगुनिया भी फैला था। शरीर का पोर-पोर टूट रहा था। बड़ेलाल को भी बुखार था, फिर भी मुनीश की हालत देखकर उससे नहीं रहा गया। कहने लगा—"अरे, भइया, कोई का फोन कर लो, तुम्हारे तो भाई-भौजाई सब हैं।"

उसके पास भी फोन था छोटा-सा लेकिन चार महीने पहले ठेला चोरी हो गया था, किराये का रिक्शा था। बचा-खुचा पैसा और फोन लेकर मालिक ने छोड़ा।

बड़ेलाल ने अपना फोन दिया, कहा—'ले बात कर ले।'

फोन का नम्बर उसने बुदबुदाया। बड़ेलाल ने कभी ऐसे लोगों से बात नहीं की थी। एक शहर, एक ही गाँव के दो टोले के जन थे दोनों। बड़ेलाल नोनियाने के थे। बड़ेलाल ने कभी भी मुनीश से कुछ नहीं पूछा कि घर पर क्या हुआ है? बड़ेलाल उम्र में भी मुनीश से बड़े थे लेकिन दुख उमर के भेद मिटा देता है। दोनों अब दोस्त जैसे हो गए थे। बड़ेलाल के पास भी कोई उपाय नहीं था। हर मर्ज, हर दुख का इलाज वह चिलम से करता था।

उसने कितनी बार नम्बर लेकर मुनीश के भाई के यहाँ फोन किया।

"नमस्ते मैडम, मैं मुनीश के साथ रहता हूँ, माने रिक्शा चलाता हूँ...। मैडम वो बहुत बीमार है। आप लोग लिवा जाओ। मैडम वो मर जाएगा।

वह चाहता तो कह सकता था कि हम बड़ेलाल हैं, आपके गाँव के नोनियाने के हैं लेकिन वह नहीं चाहता था कि कोई गाँव-घर का समझकर फोन काट दे। अब तलक इतनी दुनिया देख चुका था कि नाता तो सिर्फ रुपया का लगता है।

बड़ेलाल को उसकी बात का जवाब नहीं सुनाई दिया। हाँ वह जरूर सुन पा रहा था कि कोई कह रहा है—"लो तुम्हारे घर से फोन आया है कि साहेब मर रहे हैं...और पीएँ कह दो। अपने महतारी को क्यों नहीं फोन लगवाते।"

...अभी बड़ेलाल की बात पूरी न हुई थी, फोन कट गया। बड़ेलाल कुछ गाली देना चाहता था लेकिन कुछ सोच के चुप रह गया। मुनीश की हालत बहुत खराब थी। वैसे तो वहाँ रह रहे सभी लोगों की हालत खराब थी। शरीर पर कपड़ा जितना जर्जर था, उससे जर्जर उनका शरीर हो चुका था, फिर भी वो हँसते थे। हँसते थे तो लगता था कि कंकाल के ऊपर पतली-सी चमड़ी मढ़ दी गई है।

कोरोना के बाद गाँव भाग के गए लोग रेल में ठुँसकर वापस आ गए थे। हर जगह काम-धन्धा चौपट था। कामकाज मिलने के बजाय, बस्तियाँ खाली कराई जा रही थीं। हर दिन एक बड़ा-सा बुलडोजर आता था और किसी-न-किसी बस्ती को खाली करवा रहा था। जो बस्ती सीधे नहीं खाली हो रही थी, उसका एक पुराना सिद्ध उपाय था, वहाँ आग लगवा दो।

बसन्त गार्डन राख हो चुका था, जो थोड़ा बहुत था, वह खतम हो गया।

अब रिहाइश मेट्रो के नीचे हो चुकी थी। वहाँ से भी पुलिस बीच-बीच में ठेलकर खाली करवाती है। मुनीश की तबियत लगातार खराब होती जा रही थी। पिछले कितने दिनों से वह नाले के बगल में बने काली-मन्दिर के पास पड़ा है।

ठंड और बारिश रुकने का नाम नहीं ले रही है। बड़ेलाल को लगा कि काश मुनीश एकाध चिलम पीने की हालत में होता तो ठीक हो जाता। उसके पास भी बहुत पैसा न था लेकिन भीख माँगना उसको नहीं आता था।

शहर में 'झोंपड़पट्टी हटाओ' अभियान चल रहा था। शहर को स्वच्छ और सुन्दर बनाना था। हजारों रुपये के गमले सड़क के किनारे रखे जा रहे थे। वे जो हैं, वे जिनके होने से दौलत बनती है, उन्हें दिखना नहीं चाहिए।

रेलवे प्लेटफार्म पर गुजारा करने का जमाना बीत गया था। अब वहाँ जाने से पहले टिकट लेना जरूरी था, ऊपर से सिक्योरिटी चेक।

कुछ दिन के लिए फुटपाथ गुजारा था। शहर में दुनिया के बड़े-बड़े कारोबारियों की मीटिंग थी। जापान, अमेरिका, इंग्लैंड, फ्रांस से व्यापारी या उनकी चुनी सरकारों के लोग आने थे। सरकारों के लिए गरीब लोग तो गन्दगी ही हैं, उन्हें जल्दी से जल्दी कहीं ठेलना था। फुटपाथ से भी ठेल दिया गया।

पिछले कितने दिनों से नाले के ऊपर बनी चौड़ी दीवार ही ठिकाना बन गई थी। मुनीश की तबियत खराब होती गई। किसी ने कहा कि मुहल्ला-क्लीनिक लेकर जाओ, वहाँ जाने पर पता चला कि दिल्ली सरकार को केन्द्र सरकार पैसा नहीं दे रही है, इसलिए डॉक्टर लोग अब यहाँ नहीं बैठते हैं।

मुनीश को अपनी आती-जाती साँस की आवाज आ रही थी। बड़ेलाल को लगा कि क्या पता अभी उसके नम्बर पर पलट के फोन आए।

दिल्ली में साइकिल-रिक्शा का काम धीमा हो चुका था। ई-रिक्शा ही ई-रिक्शा था। हर रिक्शेवाले को लगता कि अगर पैसा जुट जाए तो ई-रिक्शा खरीद लें। लेकिन पैसा कहाँ जुटना था। सवारी दिन-ब-दिन कम हो रही थी। पहले जितना मालिक को रिक्शे का किराया देते थे, उतनी तो अब पूरे दिन की आमदनी है। कभी-कभी तो वह भी नहीं। क्या खाए, क्या बचाए?

मुनीश जब रुड़की से दिल्ली आया तो लगा कि इतना बड़ा शहर है, जी-खा लेंगे। इतने बड़े शहर में कुछ-न-कुछ काम मिल जाएगा लेकिन यहाँ काम नहीं था। छोटी कम्पनियाँ तेजी से बन्द हो गई थीं। सरकार ने पर्यावरण ठीक करने के लिए उन्हें कहीं और जाकर काम करने के लिए कहा था। उन्होंने अपनी मशीने ही बन्द कर दीं। उसी के साथ लाखों बेरोजगार हो गए।

इसी शहर में मुनीश के बड़े भाई रहते थे। लेकिन प्रेम का धागा टूट चुका था, जो बची थी वह टीसती हुई गाँठ थी। वहाँ दबाने पर तो दर्द ही होता है। मुनीश कक्षा नौ तक पढ़े थे। कपड़ा-लत्ता, जूता-बैग आदमी की वकत बढ़ा देता है। मुनीश के पास ये सारी चीजें न के बराबर थीं, जो था उसको देखकर कोई भी कह सकता है कि भाई ये तो लगता नहीं कि किसी खाते-पीते घर का है।

दिल्ली में एक साल से ऊपर हो गया तो मुनीश को भाई-भाभी से मिलने का मन करने लगा।

क्या भाई मिलेगा! कहीं वो मुझे भगा न दे! मुनीश के भीतर उथल-पुथल मची थी।

भाई की शादी में वह गाँव गया था लेकिन शादी का सारा मामला बुआ का परिवार देख रहा था। शादी भी उनके गाँव से हुई थी। अम्माँ तो बहू उतारने भी नहीं जा सकीं। बुआ ने ही उतारा था।

मुनीश जब भाई के यहाँ मिलने गए तो अपनी सबसे बढ़िया कमीज पहनी। दुकान से आधा किलो मिठाई भी ली। लेकिन जैसा स्वागत मिला, उसके बाद वहाँ जाने की इच्छा मर चुकी थी।

लौटते वक्त भाभी ने वो मिठाई का डिब्बा उन्हें पकड़ा दिया था, कहा कि हम लोग मिठाई नहीं खाते, तुम खा लेना। उस समय उनके घर कोई पड़ोस से आया था। उसने पूछा कि कौन आया तो भाभी उससे धीरे से फुसफुसाकर बोलीं कि "अरे, ऐसे ही हैं गाँव से। आप तो अपने भाई साहेब को जानती हैं...।"

मुनीश का दिमाग अजीबोगरीब चित्र बना रहा था। उसकी भाभी जब गाँव आई थीं तो उसे 'लगा कि सब कुछ बदल जाएगा। वैसे तो वह खुद भी बदल चुका था, उसका न तो शहर में दिल लगता था न गाँव में। भाभी का गाँव रहना बहुत कम हुआ। पहले पहल उनके चेहरे पर नमी थी। लेकिन उनका चेहरा ऐसा हो गया था जैसे उनका घर था। हर चीज करीने से लगी हुई, जिसे छेड़ने से पहले भीतर एक डर भर जाए।

जिन्दगी के हर हिस्से में एक चुम्बक लगी होती है, जिसकी दुनिया गरीबी की खाईं से ऊपर की है, वो ऊपर की ओर खींचता जाता है, जिसकी दुनिया खाई में पड़ी है, वो नीचे धँसता जाता है। सरकार, मौके, रिश्तेदारी सबके पास चुम्बक है। किसको आकर्षित करना है, किसको विकर्षित करना है, वह उसके भीतर पहले से है।

कुछ लोग कहते हैं कि पृथ्वी शेषनाग के फन पर टिकी है। मौका-ब-मौका शेषनाग कसमसा जाते हैं और ठीक-ठाक जैसी चलनेवाली दुनिया थोड़ी देर के लिए हिल जाती है। लेकिन मुझे समझ आया कि धरती आदमी के भीतर के संस्कारों की परतों पर टिकी है। उसमें भी कई बार उथल-पुथल होती है। आसान नहीं होता है 'अपने भाग्य में यही लिखा है' का लेखा मिटाना। कितना लड़ता है कोई, इस भाग्य का लेखा मिटाने के लिए।

मुनीश का दिल करता है कि एक दिन शेषनाग उठ जाए और सब उलट के कहीं चल दे। आग लग जाए इस धरती में और एक बार में ही सब पाताल में समा जाए। एक साथ सारे लोगों का सौभाग्य-दुर्भाग्य एक दिशा में हो जाए।

वह हर बार सोचता था कि कोल्हू में बनी दुनिया इतनी सीधी-सरल क्यों थी? उसे धीरज सोनी की भी याद आती थी। वह धीरज से पूछता था कि तुम इतना आड़ा-तिरछा काहे खींचते हो, तुम फूल बनाओ, पेड़ बनाओ। मेरे लिए एक कोल्हू बनाना।

धीरज हँसने लगता था—"मुनीश भइया, तोहरा परान उही कोल्हू में रही ग ब।"

मुनीश जब-जब परेशान होते, उसी कोल्हू में गोड़ डालकर बैठ जाते और मन-ही-मन उस कोल्हू पर बने औरत-मर्द, जानवर, चिड़िया-चुगुन से अपनी बात कहते। मन में ही केले के खम्भे जैसा पेड़ उनसे दुनिया की बात करता था। कितने दिनों से उनको कोल्हू का भी सपना नहीं आया। मुनीश का दिल बैठा जा रहा था कि क्या क्षीजते शरीर से यादें भी झर जाएँगी?

दिल्ली में डेंगू बुखार चल रहा था कि चिकनगुनिया, मुनीश कैसे जानते! हाथ पैर में शक्ति नहीं थी। बुखार की बेखयाली में उन्हें न मालूम क्या-क्या याद आ रहा था। उसे अपने गाँव की श्यामा बुआ याद आ रही थीं। श्यामा बुआ अपने जज लड़के के यहाँ गईं थी।

उनके यहाँ कोई पार्टी चल रही थी। किसी ने पूछा यह औरत कौन है? बहू ने धीरे से कहा—"गाँव से मेड आई है।"

अगले दिन बुआ गाँव वापस आ गईं। फूफा के मरने के बाद गाँव की जमीन जायजाद गिरवी रखकर उन्होंने बेटे को वकालत पढ़ाई थी। वह तो भला हो कि मायके में उन्हें जगह मिली और वहीं रहने लगीं। अब भी जब वह बताती हैं तो उनकी आँखें भर आती हैं। इतनी भरी आँखें उनकी थीं, मानो कोई पानी से घिरा टापू हो। हड्डी की बाड़ लगे उस गढ्ढे में पानी भरा रहता था। उस पर दो हल्की-सी नीली आँखें तैरती रहती थीं। मुनीश को आज बुआ बहुत याद आ रही थीं। शरीर ऐंठ रहा था।

आसमान में सुबह से झड़ी लगी थी। बड़ेलाल ने चिलम का एक तेज सुट्टा खींचा। पिछले दो साल से बड़ेलाल ने मान लिया है कि गाँजा हर दुख का इलाज है। वो मुनीश की ओर चिलम बढ़ाता है—"ल राजू...।"

बड़ेलाल हँसी-मजाक में कहता था—

गाँजा पीयय राजा
तम्बाकू पीयय चोर
सूर्ती खाय चूतिया, थूकै चारों ओर।

कोई और वक्त होता तो मुनीश चिलम थाम लेता लेकिन हाथ अशक्त हो चुके थे, उनमें बस एक कम्पन-सा हुआ, जो किसी को नहीं दिखा।

सोलह

मुनीश सपने में है या कि मैं सपने में हूँ। मैंने पहले ही बता दिया है कि मैं मुनीश हूँ। हम दोनों का शरीर उसी कपास के रेशे से बुना है, जो पीली नदी के किनारे उगा था। हम दोनों ने उस सरकंडे को छुआ था, जिसके पास के तालाब में सफेद कुमुदनी खिलती थी। मैंने भी उसकी तरह सरकंडे में छेद किया। उसको फूँका और चिड़िया की तरह शोर मचाया। सब कुछ उसके जाने के बाद, सब कुछ तर—पर ठीक उसके बाद।

पार्क में चारों तरफ फूल खिले हैं। मधुमक्खियों का झुंड फूलों के गुच्छों पर तैर रहा था। हल्के पीले से लेकर, गहरे पीले रंग और हल्दी के रंग में डहलिया झूम रहा है। पैंसी से लेकर पॉपी तक सब खुश हैं। अफीम का नशा पोस्ते के पौधे के रस में नहीं, उसके फूलों में है, यहाँ देखकर यही लग रहा था। कत्थई रंग, वैसे कत्थे रंग मुँह में घुलने के बाद आता है, हल्के ललछहूँ रंग के ऊपर काले-चितकबरे भौंरे खेल रहे हैं। गिलहरियाँ अपनी पूँछ पटक-पटककर किसी को बुला रही हैं। एक तितली चारों तरफ मँडरा रही है, जैसे तय न कर पा रही हो कि कहाँ उतरना है।

पेड़ में सूर्य ने अपनी जोत रख दी है। पत्ते उन सूर्य-रश्मियों से खिल उठे हैं, इतने ताजा धुले हुए, जैसे उन पर उम्र या जीवन के उतार-चढ़ाव और स्मृतियों का भी बोझ न हो। यह बोझ तो आदमी के ऊपर ही लदा होता है। उसके जीवन में शायद ही वह मौका आता है, जब वह पुनर्नवा हो सके।

सूर्य की रश्मि उसकी त्वचा को भेदती, उसकी नसों मे उतरती है लेकिन वही कल वाला आज, उसके मन मस्तिष्क को अपने लपेटे में ले लेता है। कई बार सूरज की रोशनी भी वहाँ उतरकर किसी अँधेरी गुफा में जाकर गुम हो जाती है।

बैंगनी, सफ़ेद और पीले रंग के बूटे हरी चादर पर जड़े थे। बैंगनी कहीं-कहीं धुला हुआ-सा लग रहा था। कुछ ज्यादा धुलकर फीका हो गया था तो कुछ की, जैसे एकाध बार धुलाई हुई हो। पार्क के आसमान में जहाजों की आवाजाही लगी थी। कुछ लोग कितना आ-जा पाते हैं, कैसा मौका होता है उनके पास, कि वो किसी भौतिक जगह से कहीं और चले जाए। कितना आसान होता है उनके लिए किसी जगह से भाग जाना। कुछ तो होता होगा, तभी तो लोग कहते हैं कि जी कर रहा है कि यहाँ से भाग जाऊँ।

ठीक सामने के पेड़ पर कोयल कूक रही है। दो सिपाही बुलबुल पकड़म-पकड़ाई कर रही हैं। गिलहरी पूरा शरीर तानकर धूप सेंक रही है। वह पार्क के एक किनारे बैठा है। घास की महक सोंधी लग रही है। घास में भी हरे रंग से हलकी गहरी रेखाएँ खिच गईं हैं।

मुश्किल से दस फर्लांग की दूरी पर एक जवान आदमी-औरत आपस में बहस कर रहे है ।

"तू मुझे सबूत दिखा..." कह के औरत बार-बार आदमी का कन्धा पकड़ती है।

"बता तूने किसके साथ देखा..." आदमी की आवाज धीमी हो जाती है।

कितना अच्छा लगता होगा जब कोई 'सबूत दिखा' कह के चिल्लाता होगा। उसे तो कोई न सबूत दिखाता है और न ही सबूत माँगता है। कितने साल हो गए, जब किसी ने उसका कन्धा छुआ हो। पार्क के एक कोने में लेटे-लेटे मुनीश सोच रहा था।

परदेस में वो चाहे पार्क में पड़ा रहे या सड़क पर गिरा रहे। खुद ही उठना है, खुद ही जगना है। कौन उठाता और जगाता है? कभी-कभी उसे बड़ेलाल से ईर्ष्या होती थी। कोई जीवन में होता, जो उससे झगड़ा करता, उससे बातें करता।

आज इस सोंधे महकते पार्क में उसके भीतर से एक और आदिम महक फूट पड़ी है। उस'को याद भी नहीं पड़ रहा कि कब-किसने उसे प्यार से छुआ था। भीतर से एक भूख, एक प्यास ऐसी जगी कि वह छटपटाने लगा। यह आग ऐसी नहीं थी कि आसानी से बुझ जाए, उतनी भर भी नहीं कि शरीर का तनाव कम हो जाए। भीतर एक कसक उठने लगी कि कोई उससे बात करे। उसका कन्धा छुए। कोई उसके बालों में उँगली फिराए। उसको कोई ऐसा चाहिए जो उसकी कहानी सुने—जिसकी वो कहानी सुने। चट ठंडा या चट गर्म शरीर का नशा तो यूँ चढ़ता है, यूँ उतर जाता है। गाँजे की तरह।

लेकिन कहानियों की दुनिया में एक बार गए तो एक-दूसरे की रूह की तलब लग जाती है, फिर तो हजार रात तक गर्माहट बनी रहती है। वह अपने कोल्हू पर छपे आदमी-औरत की तरह जीना चाहता है।

शहर में जब पहली बार आया था, गुड़गाँव मेट्रो के पास उसने देखा कि पास की ऊबड़-खाबड़ जमीन की सरपत के झुंड में लोग भागे जा रहे हैं। उसे लगा कि शायद टट्टी-पेशाब के लिए जा रहे होंगे लेकिन जितनी तेजी से लोग जा रहे थे, उसे बड़ा अचरज हुआ। वो भी भाग कर गया। गँवई मन ऐसी किसी घटना पर न रुके, हो ही नहीं सकता था। लेकिन वहाँ जाकर उसका कलेजा धक से रह गया। हर सरपत के झुंड के पास एक आदमी—एक औरत। कुछ आदमियों का झुंड दस-पन्द्रह कदम की दूरी पर इन्तजार करता हुआ खड़ा था।

मुनीश ने पहली बार देखा कि जैसे बुध-बाजार हो या मंगल-बाजार, जहाँ शहर की हर छोटी-बड़ी चीज का सस्ते से सस्ता प्लास्टिक का सामान उपलब्ध हो जाता था, वैसे ही इस बाजार में औरतें थीं। वे औरतें दो सौ से ढाई सौ रुपये ले रही थीं।

पहली बार तो मुनीश को रुलाई आ गई थी। जीवन में बहुत ही उतार-चढ़ाव देखे थे लेकिन तन की छुवन से ज्यादा उसको मन की छुवन की दरकार थी।

पार्क में पड़े हुए वो सोच रहा था कि वह भी थोड़ा नाराज हो, उससे भी कोई रूठे, वह भी किसी को मनाए। उसकी आँखों के सामने कुछ धुँधले से चेहरे आए लेकिन कोई तसवीर नहीं बन सकी। कुछ का जीवन कितना बदनसीब होता है, जिनके हिस्से में किसी को प्रेम करना नहीं लिखा होता है। अगर कोई वृक्ष फल-फूल से लदा हो लेकिन उस पर कोई सुग्गा-चिड़िया न मँडराए, उसके पास आकर न फुदके, तो उस वृक्ष का जीवन कितना निचाट है। उसके फल को, उसके बीज को ये चिड़िया तो बचाकर रखेगी। धरती पर हर किसी को प्रेम पाने का विधान है लेकिन वो हर किसी को कहाँ मिल पाता है? उसके भीतर एक छटपटाहट होने लगती है, लेकिन यह तो सपना था, जिसकी कोई सूरत नहीं थी।

सत्रह

हर किसी का इतिहास है। सभी एक बार पलटकर देखना चाहते हैं। आदमी दिन में कितनी बार अतीत में जाता है और कितनी बार भविष्य में। सच तो ये है कि पूरा दिन वो अतीत या भविष्य की यात्रा करता है। वर्तमान तो बस एक ठौर होता है, जहाँ वह रोटी-पानी खाकर फिर अपनी भूत-भविष्य की यात्रा में लग जाता है। जैसलमेर के रेगिस्तान में जब धूप इतनी लहकने लगती है कि बालू पर अनाज डाल दो तो भुन जाए, तब भी वह अपनी पिछली यादों को नहीं छोड़ता है। उसके रेतीले सीने में अपने समुन्दर होने की याद बसी रहती है। वह आते-जाते को कभी समुन्दर में मिलनेवाली कोई सीप दिखाता है तो कभी अपने हाबूर पत्थरों में यादों को चिपकाए मिल जाता है। कोई कहाँ सोच पाता है कि पहले ये समुन्दर था? ये बात तो ऊँचा हिमालय भी बताता है। राहगीरों को कभी पत्थरों में चमककर तो कभी अपनी किसी घाटी में समुन्दर के सीने में दफन यादों के किसी जवाहरात को दिखाकर, वह अपनी पिछली दुनिया की कहानी बताता है। जीवन ऐसा ही है। कोई पूछे, न पूछे लेकिन इतिहास तो रहेगा ही और गाहे-बगाहे वो छलकेगा ही।

ऐसा ही ये गाँव था, जहाँ के मुनीश और अमृता हैं, जहाँ के प्रोफेसर दुबे और बड़ेलाल हैं। ये गाँव कहीं दूर से चलकर आया था।

एक ढ़ेढ़-सदी पहले गाँव का यह टोला यहाँ नहीं रहता था। वह दूर किसी और शहर के किसी और गाँव में रहता था। यह देस चलकर आया था। वहीं के एक बुजुर्ग को यह गाँव दान में मिला था। गाँव के नाम पर नार-खोह की

जमीन थी, नदी की एक पतली धार थी। लेकिन यह उस परिवार के लिए नियामत थी, जिन्हें यह दान में मिला था।

उनके बेटे-बेटियों से पूरा टोला बस गया। खेत-खलिहान, नार-खोह सब कुछ दान में मिला था। शुरुआत में दूसरे गाँव के लोग उन्हें देखकर थोड़ा नाक-भौं सिकोड़ते थे। उनके ब्राह्मण होने पर सन्देह करते थे, लेकिन धीरे-धीरे उन्होंने अपनी जजमानी भी बना ली। यह ब्राह्मण होना भी बला की कठिन चीज थी, लोगों को जवाब देने के लिए अपनी जाति के बाद गोत्र बताते, फिर यह भी बताते कि फलाँ गोत्र के गद्दी पर हैं।

रिश्तेदारी की नाराजगी में कोई अब भी टोक देता था—"अरे, बना दुबे हैं।"

जातियों में बनना-बिगड़ना इतना ही हुआ था यहाँ।

इन्हें गाँव से थोड़ी दूर पर बहती एक नदी मिली, जो बारिश में अफना जाती थी और तब उसे देखकर कोई कह नहीं सकता था कि यह सिर्फ बरसाती नदी है। दूर गोंडा से चलकर आया ये गाँव अपने नाम के पीछे, पिछली याद लगाता था। लेकिन इस पर चर्चा नहीं करता था कि कैसे वहाँ जीवन-यापन करना असम्भव हो गया था कि इस ऊसर में आना पड़ा।

एक ही पिता की पाँच-छह पीढ़ियों बाद पूरा गाँव एक दूसरे के सामने पीठ करके बस गया। शुरुआत में एक-दूसरे की ओर मुँह था लेकिन जब खाने को मुँह ज्यादा होते गए और अनाज कम, तो एक दूसरे की ओर पीठ करके सब बैठ गए। क्या ठीक लगता है कि आप खाएँ और सामनेवाला न खाए! इससे तो भला यही कि आप खाएँ और पीठ फेर लें कि दूसरे को दिखाई ही न दे।

इस ऊसर में एक बड़ा हिस्सा धनखर खेत का भी था, जहाँ धान छींट दो तो उग जाता था, जिसमें बेहन धान की पौध लगाने की जरूरत नहीं पड़ती थी। पहली दो पीढ़ी ने यह जाना कि कोदों की रोटी वाले पेट में भात मिलने पर कैसे लगता है। उन्होंने बाग लगाए। उन्होंने आम के पेड़ों के नाम दिए। महुए का पेड़ लगाया। किसी एक बुजुर्ग ने पूरी एक बँसवारी लगा दी।

सबके नाम थे, जैसे गाय के, बछरू के, वैसे ही पेड़ों के नाम धरे गए थे। तारा-इनारा यानी कुएँ और तालाब की खुदाई हुई। कुछ कुएँ तो ऐसे निकले कि उनका पानी कई गाँव मशहूर हो गया। वैसे इस पूरे जिले में कुओं के पानी का भी अपना स्वाद था। लेकिन पिछली तीन पीढ़ी के मुकदमों के बाद चौथी पीढ़ी ने पूरी ताकत रास्ता रोकने और नाली रोकने में लगा दी। जैसे-जैसे जमीन बँटती गई, आमदनी कम होती गई, वैसे-वैसे छीना-झपटी बढ़ती गई।

मुनीश का परिवार गाँव के एक ओर था, तो अमृता का परिवार गाँव के दूसरे छोर पर था। कुछ घर जो तीसरी-चौथी पीढ़ी में दो मंजिला थे, वो अब गिरासूँ थे, कुछ नये पक्के मकान उभर आए थे। कुछ मकान नाराज होकर खेत में चले गए थे तो कुछ ने बाजार के तिराहे वाली गली में ठिकाना बना लिया था। कुछ घरों ने खुद के दरवाजे बन्द कर लिए थे तो कुछ ताला न बन्द कर पाने के चलते कसमसाते थे।

जो बहुएँ गाँव में रह गई थीं, वो किसी तरह मोबाइल के सहारे गुजारा कर रही थीं। कुछ ऐसी भी थीं जो कभी-कभार गाँव आती थीं और उतने समय के लिए गाँव में रहती, अपनी देवरानी या जिठानी को सुनातीं—"इतना बड़ा घर है, कौन कमी है आपको।"

देवरानी भी मन-ही-मन टीपती—"इतने बड़ा है तो आप काहे नहीं रह जाती हैं। चार दिन बाद ही अभुआने लगती हैं।"

गाँव में पानी का अब बाटला आता था। घरों के नल ने पानी कब से छोड़ दिया था। कुओं पर जिसका कब्जा बनता, वो जितने जल्दी हो सके उसे भरवाने का काम करता था। पूरे गाँव में ऐसा कोई कुआँ नहीं बचा था, जिस पर शादी-ब्याह मरनी-करनी की रसम होती। एक कुएँ की जगह थी, जहाँ कुछ ईंटें सजाकर रखी गईं थीं, वहीं पर महिलाएँ शादी-ब्याह में कचौड़ी-पकौड़ी की रसम कर आती थीं। सरकारी बम्बा भी अब मुर्चहा पानी देने लगा था। उसका पानी लगता था जैसे कुछ लाल रंग मिलाकर आ रहा हो। नये के नाम पर गाँव में नई बीमारियों के नाम सुनाई देते थे।

विरेन्द्र बाबू के लड़के भी अब गाँव आ गए थे। उनका दूसरी बार आना, पहली बार के आने से एकदम अलग था। पहली बार जब आए थे तो उनकी अम्माँ ने कहा था कि जब से हमारे फलाने भइया आएँ हैं, तब से बोलैरो दुआरे खड़ी है।

फलाने भइया बम्बई से कमाकर लौटे थे। बाजार में रोज जेब की गर्मी गहमागहमी बनाकर रखती थी। पिछले महीने अचानक बम्बई गए फिर अचानक वहाँ से आए। जैसे आकाश की बिजली मुकुल ठाकुर पर गिरी थी और वो बहुत महीने बाद उठे लेकिन सीधे नहीं चल पाए, ठीक वैसे ही फलाने भइया उठ नहीं पाए।

जैसे पीठ पर बिजली गिर गई हो। जेब पर ओलावृष्टि हो चुकी थी। कर्जा माँगने की नौबत थी। उनसे कुछ लोगों ने पैसा उधार लिया था लेकिन कोई समय पर वापस करे तब ना। बीबीसी मुन्ना ने गाँव भर में खबर दे दी थी कि बम्बई में फलाने भइया के ऊपर गबन के चलते पुलिस-केस हो गया है। समझ लो कैसे-कैरो करके वहाँ से भागे हैं।

पूरे गाँव में कहीं भी जमीन बिक रही हो, उस पर पहली चढ़ाई करनेवाले फलाने भइया का परिवार टूट गया था। वकील साहेब से पूछ रहा था—"अगर हम इनको बेदखल कर दें, तो सरकार हमसे तो वसूली नहीं कर सकती।"

वकील साहेब ने सुर्ती को मसूढ़े के पिछले हिस्से पर दबाया और समझाया—"सब लोग अपना-अपना हिस्सा बाँट लो और इनका हिस्सा एनही से किसी और के नाम करवा दो।"

अकलमन्दी में गाँव के वकील साहेब का जवाब नहीं था। वैसे वो कानूनी वकील थे और उनके पिता जी पंडिताई के वकील। कौन पेड़ कहाँ लगना चाहिए, कौन कटना चाहिए, कैसे अगर गढ़ई पटवाई जाए तो घर में शान्ति आती है—हर तरह का विचार व्याख्या करने का काम वकील साहेब के पिताजी का था। गाँव में हर पार्टी के नेता पहले उनके दरवाजे जाते थे, वहीं से आशीष लेते थे। जब एक के आशीष से काम बन रहा हो तो हर दरवाजे जाने की क्या जरूरत थी?

गाँव के घर में पहला ताला वकील साहेब के घर के पास वाले घर में लगा था। वैसे वो घर नहीं था, पहले एक बखरी थी। उसे सब बड़की बखरी कहते थे। उसी में पंडित शम्भूनाथ के बड़े भाई मुन्ना का भी हिस्सा था। कहते हैं कि मुन्ना बहुत पहले बम्बई चले गए थे। छुट्टी-छाटी में घर आते थे। घर आते ही बखरी के उस हिस्से की लिपाई-पुताई हो जाती थी। उनका एक ही बेटा था कृष्णकान्त। उनके रूप-रंग के बारे में पूरे गाँव में हर स्त्री के पास कोई-न-कोई बात थी। वैसे भी जो नहीं रहता, उसकी स्मृतियों को ज्यादा रंगा-सँवारा जाता है।

कृष्णकान्त की शादी गाँव से हुई थी। उस बरस गाँव में जून के महीने में भयावह वर्षा हुई थी। चारों तरफ तारा-इनारा उपरा गए थे। कहते हैं कि कृष्णकान्त की माँ की तबियत, उनकी बहू के आते ही खराब हो गई थी। कोई बड़े नामी बैद्य पीली-सई पार रहते थे, उन्हीं से दवा लेने कृष्णकान्त गए थे। वापसी में आते समय नाव पलट गई और कीनकान भइया डूब गए।

कृष्णकान्त भइया ने सोने की मोटी अँगूठी पहनी थी, खिचड़ी की सिकड़ी-जंजीर पहनी थी। भइया चिल्लाए कि बचाय लो हो लेकिन किसी ने नहीं बचाया।

बचाते तो तब, जब कोई उन्हें पहचानता होता। वे यहाँ रहते तो थे नहीं। सारी उमर बम्बई में रहे थे, अपने बाबू के साथ। कोई नहीं बचाया।

अरे, समझो कोई उनके हाथ से अँगूठी निकाला, कोई सिकड़ी और सोचे कि बाद में पहचाने नहीं, इसलिए और गहरे में ढकेल दिया।

गाँव में कीनकान यानी कृष्णकान्त एक किस्से की तरह थे। उनके बारे में बात करते ही उफनती हुई नदी दिखने लगती थी और दिखने लगता था सोने के गहने पहने गोरे रंग का एक शहराती आदमी, जिसे पीली नदी के मल्लाह नहीं पहचानते थे और जैसा कि होता है कि दुख और आपदा के किस्से में कोई याद करता है कि कैसे किसी ने मदद की, तो कोई याद करता है कि किसी ने उस आपदा में उन्हें कैसे लूटा। कीनकान के बारे में भी यही होता है। कहते हैं कि कीनकान की लाश धपाप में जाकर मिली। पूरा गाँव उमड़ पड़ा।

जब कीनकान की लहाश आई, समझ लो उनकी माई के प्राण उसी समय निकल गए। मुन्ना तो जैसे पत्थर हो गए। लेकिन कहेंगे उस बहूरिया को, उसके आँख से एक आँसू न टपका, पूरा गाँव ठाढ़ (खड़ा) रहा, उसके बाबू भाई आए और वो उनके साथ निकल गई।

"अरे, चाहती तो रुक जाती, आदमी न रहा तो कोई बात नहीं ससुर था, ननद थी।"

"लेकिन बड़े घर की लड़की थी, कौन छोड़ता यहाँ।" पत्ती चाची बात में जोड़ती हैं।

उनकी बहन रत्ती चाची कहती हैं—"अगर वो रह जाती तो लोग उसका जीना मुश्किल कर देते। दूसरे ससुराल में मनसेधू के सहारे रहा जाता है, कोई सारा-ननद के सहारे नहीं रहता है।"

गाँव में जब कभी बड़ा जुटान होता तो एक बार कीनकान की याद जरूर साझा होती और हर याद के साथ कीनकान का रूपरंग और निखर जाता और उनके शरीर पर जड़े गहने और भारी हो जाते। इस किस्से के साथ सुबह, दुआर उतरी बहुरिया के पाँव और गनहूस बना दिए जाते।

ये गाँव के घर पर लगा पहला ताला था। मुन्ना बाबू अपनी दोनों लड़कियों को लेकर बम्बई वापस चले गए, तब से किसी प्रयोजन में न आए।

पंडित कभी-कभी कीनकान की भटकती आत्मा की बात भी करते थे। गाँव की निचाट दुपहरिया में बखरी की गिरी भीत के एक किनारे एक मोहार झूलता हुआ बहुत साल खड़ा रहा। उसका ताला भी बहुत दिन तक झूलता रहा। मोहार और ताला दोनों बचे थे, आसपास की दीवार गिर गई थी। भीतर क्या था, क्या न था, किसी को कुछ पता नहीं था, जितने मुँह उतनी बातें, कभी-कभी गाँव में बच्चों को किस्सा सुनाते-सुनाते जब बूढ़ी औरतों के पास किस्सों की कमी हो जाती, तब उस झूलते मोहार वाले घर के भीतर दफ्न खजाने की बात जरूर आती थी।

"ई जान लो, ई खजाना सब बात की जड़ है। हुआ यूँ था कि मुन्ना के बाबू आजादी की लड़ाई में भागे-भागे फिर रहे थे। अंग्रेज उनको जगह-जगह ढूँढ़ रहे थे।"

"फिर"—मुनीश कौतुहल में रत्ती दादी से पूछता।

"फिर हुआ ये कि एक दिन वो एक नदी के किनारे बैठे हुए थे, तभी उन्होंने देखा कि एक टिकही 'लहाश' तैरते हुए आ रही है।"

मुनीश की इस किस्से से साँस फूलने लगती थी। हरियल बाँस में लाल रंग के कपड़े में बांधी हुई लाश धीरे-धीरे किनारे की ओर आने लगी। मुन्ना के बाबू उस टिकठी को पकड़ लिए। जब पकड़ लिए तो क्या देखते हैं कि उसी के साथ दो गगरी बँधी हैं। ठिकठी-अर्थी किनारे की ओर लग गई थी। उनसे रहा न गया, गगरी निकाल के किनारे रख लिए। टिकठी को नदी में दहा दिए। गगरी खोल के देखे तो पाए कि उसमें सोने के सिक्के भरे हैं। उन्होंने दूसरी गगरी खोली, उसमें भी बहुत ही रकम के गहने भरे थे। उसी के साथ उसी में एक चिट्ठी थी कि जो भी ये पाएगा, उसको दाह-संस्कार करना पड़ेगा। दूसरे ये खजाना शुभ नहीं है, जीवधारी है। जहाँ जाता है, जिसके पास रहता है, उसके प्राण ले लेता है।

मुन्ना के बाबू बहुत ही ज्ञानी आदमी थे। उन्होंने जल दिया और आचमन करके क्रिया-करम कर दिया और दोनों गगरी लेकर रात को घर आ गए। उसे रसोई में चूल्हे के पास गाड़ दिया और अपनी पत्नी से कहे कि आज कुछ बढ़िया खाना बनाओ, दोनों को सुबह खाने का मौका नहीं मिलेगा। उन्होंने अपनी पत्नी को समझाया कि इस खजाने के बारे में किसी को बताना नहीं।

मुन्ना की महतारी रात को खाना बनाईं, सोचीं कि सवेरे फिर भाग जाएँगे। रात को दोनों परानी मिलकर खाए। भर भिनसारे मुन्ना के बाबू उठे और अपना पिंडा पार करके बैठ गए। फिर तख्ते पर लेट गए और कहे कि हमको गंगा-जल दे दो, अब विदाई की बेरा आ गई है।

अभी गाँव में हल्ला होगा कि मुन्ना के बाबू के प्राण चले गए।

यह किस्सा सुनने के बाद मुनीश को मुन्ना के बाबू दिखाई देने लगते थे। वह वैसे भी बड़की बखरी तक जाने में डरता था, फिर भी आगे का किस्सा दादी से पूछता कि "दादी, क्या वहाँ अब भी खजाना है?"

"वही खजाना तो सब बात की जड़ है। मुन्ना की माई इस बारे में मुन्ना को बता दी थीं। मुन्ना वही खजाना धीरे-धीरे करके बम्बई लेकर गए। समझ लो जब कीनकान यहाँ आए, तब जीवधारी खजाने ने अपना बदला ले लिया।"

"अब भी वहाँ एक गगरी दबी है। चालीस बरस पहले बड़की बखरी में सेंध लगी थी लेकिन जान लो जो सेंध लगाया था, उसको साँप काट लिया, वहीं फेचकुर फेंक दिया और खतम हो गया।"

जो भी हो बड़की बखरी के ही परिवार के थे वकील साहेब। उन्होंने घर बखरी में नहीं बनवाया। उनका नया पक्का मकान बखरी के सामने बड़की बउली पटवा के बना। उन्होंने गाँव में सबसे भव्य मकान बनवाया और एक घर और दुकान शहर में बनवाया। कीनकान की कहानी का एक हिस्सा ये भी था कि कृष्णकान्त के न रहने पर गाँव की जमीन उन्हीं को मिल गई है। मुन्ना बाबू ने कभी इधर का रास्ता नहीं लिया। पंडित जी कभी-कभी बम्बई जाते थे। कुछ ने यह भी कहा कि खजाना किसी और के पास नहीं पंडित जी के पास ही रहा। वही उसको काशी ज्वैलर्स के यहाँ बेंचकर आते रहे हैं। पंडित जी पूरे गाँव को दिशा-विचार बताते थे। कब-कहाँ जाना चाहिए और कौन दिख जाए तो यात्रा टाल देनी चाहिए।

लेकिन इस किस्से को सुनते ही वे कहते—"अरे, ई सब अन्धविश्वास की बात है। ससुर बकवास फैलाया है।"

अठारह

नन्दा ने एक बार पंडित जी से पति के बारे में पूछा था—"बब्बा ऊ कौन दिशा में हैं।"

पंडित जी ने मिट्टी उठाई हथेली पर रगड़ा और कुछ बुदबुदाए। कहने लगे—"दक्षिण दिशा में है वो। उसको लौटाने के लिए तुम लोगों को थोड़ा जतन करना पड़ेगा।"

नन्दा ने पूछा—"क्या जतन करना पड़ेगा?"

पंडित जी ने विचार करके बताया—"काशी से पाँच ब्राह्मण बुलाकर जाप कराना होगा। पूजा के साथ ही सोना दान करना होगा।"

नन्दा परेशान हो गई—"बब्बा आपको तो घर की हालत पता है। कुछ ऐसा उपाय बताइए, जिसको हम कर पाएँ। हमारे पास जो भी बचत थी, वो पैसा ही डूब गया।"

वो पंडित जी को अपनी कहानी बताने लगी। पंडित जी को थोड़ी उलझन होने लगी, वो रोज ही कहानी सुनते थे। बात टालने के लिए बोले—"देखो पतोहू, कुछ तो सीधा-पिसान लगेगा ही। कम-से-कम दस हजार का खर्चा है, हम समझ लो अपनी जजमानी नहीं लेंगे लेकिन जो नेत-नियम है, वो तो करना होगा।"

नन्दा ने दस हजार रुपये का इन्तजाम करने के लिए अपनी पायल और सास के इकलौते कान के टप्स बेंच दिए। पूजा हुए पूरे साल-भर बीत गए लेकिन मिट्टी ने उस दिशा का पता न बताया, जिस दिशा में अमृता के पापा थे।

अब पंडित जी को जब भी नन्दा पूछती है तो वो कहते हैं कि भाभी को कोई न टाल पाया है। वो भाग्य को हमेशा भाभी कहते थे। नन्दा ने भी उनसे कुछ दिन ऐसे बात की जैसे वो वकील बाबू से करती थीं, जिनको उसने जमीन के कागज बनवाने के लिए पैसा दिया था। वह भी आज-बिहान करके टालते थे।

मेरे दिमाग में 'मेरा देस कौन-सा है', का सवाल चलता ही जा रहा है। समझ नहीं आ रहा है कि इसका क्या जवाब है। अगर अखबार में छपवाकर कुछ ढूँढ़ने में मदद मिलती तो जरूर ढूँढ़ती। माँ पूरी उमर पापा को ढूँढ़ती रहीं। मैंने बड़े होने तक सिर्फ गायब होने की पहेली सुलझाई है लेकिन मुझे इसका कोई छोर नहीं मिलता। मेरे जीवन में गायब हो चुके, गायब होते लोगों की एक लम्बी सूची है। मैं तो ढूँढ़ रही थी, फिर कुछ मिलने के बजाय मेरे हिस्से ये गायब होते लोगों की सूची क्यों आ गई?

बरसों बीत गए। पंडित जी की जजमानी दिन-दूनी रात चौगुनी तरक्की कर रही थी।

पत्ती ने एक दिन खिसिया करके कहा था—"जना तोहरे के मूते दिया बरत ब।"

हुआ ये था कि पत्ती के आदमी जब थे, तब से पंडित जी का खेत उनके पास अधिया था। लेकिन पंडित जी ने एक बार विचार करके गाँव के लोगों को सलाह दी कि अधिया पर आदमी बदलते रहो नहीं तो ससुर कब्जा माँगने लगेंगे।

गाँववालों ने उनकी बात मान ली। पत्ती ने तब उनके दुआर पर जा के ये बात कही थी।

पंडित जी के पास हर समस्या की काट थी और उपाय था। नेता लोग भी उपाय के लिए आते थे, वैसे वह खुद भी नेता बन गए थे। उन्होंने पहले-पहल गाँव में एक बात कही। वैसे वो हमेशा कुछ-न-कुछ ऐसी बात कहते ही थे, जिससे लोगों को मुसीबत की जड़ मिल जाए और उस जड़ को काटने का उपाय मिल जाए।

उस बात ने जैसे पूरे गाँव की समस्या की मूल वजह को पकड़ लिया हो। सबके कलेजे को ठंडक मिल गई। न तो नेता, न प्रधान, असली समस्या कुछ और है। समझ लें कि गाँव में जो भी दिक्कत आई है, उसके पीछे वही कोल्हू है। जब परबब्बा की बखरी गिरी थी, तब कोल्हू बीच गाँव में गाड़ दिया गया था। यही सबसे बड़ा अपशकुन है।

"जान लो, कारण जानने से निवारण होता है। निराकरण करके ही आदमी आगे बढ़ सकता है।"

पंडित जरूरी बातें हमेशा खड़ी बोली में बताते थे, ताकि बात की अर्थवत्ता में कोई खोट न आने पाए।

गाँव के घर-घर में इस अपशकुन की चर्चा होने लगी। यह कोल्हू मुनीश और दो और परिवारों के द्वार के पास पड़ता था, वह कहाँ है? इसे समझने के लिए बुर्जुग और जवानों के बीच एक होड़ मच गई। लेकिन मुँहजबानी खुदाई से क्या होता है, उसके लिए असली में खुदाई करवानी होगी। निरेन के पिताजी ने द्वार पटवाने के हिसाब से एक बार कुछ हिस्सा खुदवाया और पटवाया लेकिन कुछ नहीं मिला।

लेकिन एक तो भला हुआ गाँव की समस्या का कारण पता चल गया—"समस्या कोल्हू में है।"

उन्नीस

मेरा माथा घूम चुका है। कभी मेरे दिमाग में वह औरत आती है तो कभी मेट्रो वाला आदमी। शहर में हर दिन इतना कुछ घटता है कि क्या बताऊँ। गाँव में तो कोई मार हो जाए, तब भी लोग काम-धाम छोड़कर भागते हैं लेकिन यहाँ तो कोई किसी को लथेड़ करके चाकू मार रहा हो, तब भी कोई नहीं रुकता है। मैं कभी मारनेवाले का तो कभी मरनेवाले का चेहरा देखती हूँ। कुछ ढूँढ़ती रहती हूँ।

आसमान पर नीम के पत्तों की चाँदनी तनी है। हवा इस तसवीर में एक हल्की-सी सिहरन पैदा कर देती है। एक थरथराहट पूरे कैनवास पर होती है। लड़की इस काँपती तसवीर को देखती है। प्रेम के पहले अहसास की तरह ये थरथराहट है। जहाँ आश्चर्य और रोमांच घुल-मिल गया है। इस मौसम में बेवजह एक बेकरारी रहती है। यह अक्टूबर की बात थी। तब ठंडक की ऐसी धमक नहीं थी।

अमृता के जीवन में भी कुछ नया घट रहा था। बारहवीं के बाद उसको दिल्ली के एक बड़े विश्वविद्यालय में एडमिशन मिल गया था।

कैम्पस में पारिजात के नाजुक फूलों को चुन लेती थी, देर तक हथेली में रखती थी और उतनी देर अपने भीतर के सारे बन्धन से आजाद हो जाती थी।

उसी कालेज में उसे पता चला कि एक लड़के को कुछ लड़कों ने मारपीट करके गायब कर दिया है। उसको गायब हुए तीन साल से ज्यादा हो गया है।

उसी लड़के के पक्ष में सभा हो रही थी। वो भी एक किनारे खड़ी हो गई। गायब हो गए लड़के की अम्मी बोल रही थी—"हम उसको सब जगह ढूँढ़े हैं, कोई जगह नहीं बची है, प्रशासन काहे नहीं ढुँढ़वाने में मदद करता है। जो गुंडे लड़के हैं, उनको क्यों नहीं सजा देता है—उनको क्यों बचा रहा है?"

अमृता की आँख भर आई। वह खोने का दर्द जानती थी। उसको भी लगा कि आखिर क्यों नहीं प्रशासन मदद करता? वहाँ मौजूद लड़के-लड़कियों ने एक कागज पर हस्ताक्षर किया। अमृता ने पहली बार किसी ऐसे कागज पर साइन किया, जिससे उसको सीधा कोई मतलब नहीं था। लेकिन इस तरह कागज पर साइन किया जैसे शायद वहाँ किसी ने किया हो।

कुछ ही दिन पहले एक बड़े नेता के घर के लोगों का पर्स खो गया था, पूरी दिल्ली पुलिस लग गई। और चौबीस घंटे के भीतर पर्स ढूँढ़ लिया।

पुलिस चाहे तो क्यों नहीं ढूँढ़ सकती। उसको बहुत कुछ याद आने लगा। बाकी बातें वो समझ नहीं पा रही थी या फिर जितना समझ पा रही थी, उसके साथ क्यों जुड़ती जा रही थी।

उन दिनों रात में चाँद जैसे खून में नहाया-सा लगता था। अमृता रोज उसे देखती थी। हर दिन वो और बड़ी होती जा रही थी और उसे स्वर्ग और नर्क का भेद समझ आ रहा था।

मैं पूरे दिन ऑफिस में काम करती रही, यह काम करना बहुत मशीनी होता है। आप मेरे बॉस की तरह चेक कर सकते हैं। आपको मेरे काम में गलती नहीं मिलेगी। मुझे इसकी प्रैक्टिस है। बस उसमें एक चीज नहीं मिलेगी, वह है मेरी आत्मा। हँसिए नहीं, मुझे पता है आपको या मेरे बॉस को या उसके भी बॉस को, उसकी कोई जरूरत नहीं है।

बीस

घर छूट गया—गाँव छूट गया और जब फिर मिला तो मिल नहीं सका।

सोलह बरस का था मुनीश, सत्रहवाँ लग गया था, जब वह रुड़की से गाँव वापस आया था। रुड़की में आर्चीज की दुकान पर काम गाँव के अहिराने के आदमी ने लगवाया था। उन्होंने गाँव के कई लड़कों को काम पर लगाया था।

मुनीश ने अपनी चचेरी बहन की शादी में गहरे गुलाबी रंग की सूती शर्ट और क्रीम कलर की पैंट पहनी थी। अपने घुँघराले बालों को करीने से झाड़ा था। शादी में बड़ा भाई भी आया था। अब तक भइया की नौकरी लग गई थी। सबका ध्यान उसकी ओर था, जिधर जाओ, बड़े भाई की तारीफ हो रही थी। मुनीश को बहुत अच्छा लगता था, जब कोई उसके भाई की तारीफ करता था। पोस्टमास्टर बाबा ने पहले ही घोषणा कर दी थी कि फलाने ही इस घर को तारेंगे।

मुनीश के दोनों चाचाओं का घर बिलकुल सटा हुआ था। तीनों का द्वार एक था। सामने एक नीम का पेड़ था। मुनीश को तो नहीं ध्यान पड़ता, पर कभी ये पूरा हिस्सा एक बखरी थी और जो आज द्वार है, वह कभी आँगन हुआ करता था। इस पूरे की याद पश्चिम की तरफ उठी हुई जमीन थी, जो कभी पिछली भीत थी। हाल-हाल तक उसमें से महिलाएँ मिट्टी खोद कर ले जाती थीं। वहीं पर उसका कोल्हू था। कोल्हू काफी हद तक मिट्टी में धँस चुका था। कोई ध्यान से देखे तो लगता है जैसे वह धरती में समा रहा है।

शादी का घर था। चारों तरफ चह-बह लगा हुआ था। अम्माँ अपने दोनों परदेसी बेटों को देखकर बहुत खुश थीं। बहुत दिनों बाद उनके भीतर की रुनुक-झुनुक कर्मठ औरत जागी थी। कभी कटहल कटवातीं तो कभी कद्दू, तो कभी चावल तौल कर निकालकर देतीं। रसोई के अन्दर जाने का तो कोई सवाल ही नहीं था लेकिन बाहर जितनी फुर्ती से काम कर रही थीं कि एक बार को सबको लगा कि पूरे गाँव में इनका कोई तोड़ नहीं है।

मुनीश की चचेरी बहन अपने पिता के साथ शहर में रहती थी। शादी में कई सारे ऐसे इन्तजाम हो रहे थे जो शहरों में होते हैं। स्टेज बनेगा, पूरे गाँव में खबर थी कि जयमाल वाली शादी होगी। दिन में सिलपोहना की रस्म थी। राधेश्वरी देवी घर की सबसे बड़ी बहू थीं, कायदे से उन्हें पहले पूछा जाना चाहिए। शिवप्रसाद दुबे का स्वभाव सबको पता था लेकिन बात घर की मर्यादा की थी। सिलपोहना के लिए वह आए। राधेश्वरी देवी और शिवप्रसाद दुबे की चादर में गाँठ जुड़ी। थोड़ी-सी उड़द सिल पर रखी थी। दोनों के ऊपर चादर डाल दी गई। उन्हें घूम-घूम करके सिल-पोहना था। रस्म निभ गई। साहेब वापस आकर वैसे ही अपने बिस्तर पर पाँव के ऊपर पाँव रखकर लेट गए। उनके भीतर उमड़-घुमड़ चल रहा था। घर पर तरह-तरह के रिश्तेदारों की आवाजाही लगी हुई थी। तभी कोई आया। उस रिश्तेदारी का धागा राधेश्वरी देवी के मायके से जुड़ा था। जिनके यहाँ विवाह था उससे पहले राधेश्वरी का घर पड़ता था और दूसरे राधेश्वरी सामने पड़ गईं तो उन्होंने उसे बैठा लिया और अन्दर जाकर मीठा-पानी लेकर आईं।

आए रिश्तेदार कहने लगे—"जीजा जान लेई कि हमरे जिज्जी ऐसन गवैया पूरा गाँव में केऊ नाई रहा।"

जो आए थे, वह भलमनसाहत में राधेश्वरी देवी की प्रशंसा करते जा रहे थे। उनके दाँत के पोर हिले हुए थे, बाल पककर सनई का रेशा हो चुके थे लेकिन बता ऐसे रहे थे मानो सब कुछ कल की बात हो।

"एक बार ऐसा हुआ जीजा, के राधेश्वरी और हमारे दूसरे चच्चा के लड़की राजेश्वरी दोनों ने ऐसा किया कि पूरे गाँव को हाँ-हाँ करके रोकना पड़ा। लड़कैया रही तब...। का राधेश्वरी याद बा।"

कह के आए रिश्तेदार ने आत्मीयता प्रदर्शित की, फिर वह आगे का किस्सा बताने लगे।

"जनवासा लगा रहा। ई दूनो बहिन वहाँ थीं। जो नाच आया था वो बढ़िया नहीं था। दोनों चढ़ गईं तख्ते पर और लगी नाचने। ऊ तो छोटा वाला भाई रोते हुए भाग के घर आया, चाचा से कहने लगा—अरे, बाबू दूनो नाचत अहीन। लोग भागे। इनका लोग को उतारे।"

कह के रिश्तेदार ठहाके मारकर हँसने लगे—"ऐसी होती है लड़कैंया। अब त जना सब सपना हो गया। नाच-वाच कहाँ आता है किसी को।"

अचानक से शिवप्रसाद दुबे ने एक ऐसा वाक्य बोला, जिसने अगले को भीतर तक हिला दिया।

"यही रंडियापा करके तो आई थीं।"

राधेश्वरी देवी थर-थर काँपने लगीं। पच्चीसों बरस हो गए थे लेकिन वो अपने मायके नहीं गईं थी। वह तो खुद को ही सजा देकर जी रही थी लेकिन इस सजा के लिए वह बिलकुल तैयार नहीं थी।

"ई कउन बोली अहई...के पापा।" कह के वे भीतर चली गईं।

मेहमान उठकर जिस द्वार जाने के लिए आए थे, वहाँ चले गए। उनकी हिम्मत न हुई कि बहिन को विदाई का नमस्कार करते।

दुपहरिया ढलान पर आ गई। राधेश्वरी नियम से साहेब को इस समय चाय देती थीं। आज उनका जी करछाया हुआ था। ध्यान न रहा कि चाय देने का समय हो गया। साहेब अन्दर आए। राधेश्वरी ने जल्दी से उन्हें चाय बनाकर गिलास थमाई। साहेब ने सुलगती आँखों से उन्हें देखा और खींचकर एक गिलास मारा। गिलास की बारी-किनारा नुकीला था, वो जाकर सीधा राधेश्वरी

के माथे पर लगा। खून की धार बहने लगी। ओसारे में मुनीश कुछ सामान निकालने आए थे। उन्होंने अम्माँ का धड़ाम से गिरना सुना।

"अम्माँ, अम्माँ का भा?"

सामने साहेब चिल्ला रहे थे—"साली माधर...तेरे...मैं तो नाचती हूँ, मेरा नाच देखो। इतने साल से तेरा नाच देख रहा हूँ।"

मुनीश दौड़कर अपनी माँ को उठाने लगा।

"कुछ नाइ भइया कुछ नाय भइया...।" अम्माँ मुनीश से धीरे-धीरे कह रही थी।

मुनीश की शर्ट खून से भीग गई। उससे रहा नहीं गया। उसने बगल में पड़ी गोजी-लाठी उठाई और खींचकर साहेब के ऊपर चला दिया।

वह उन्हें मारे जा रहा था। पहले तो साहेब को अन्दाजा ही नहीं था कि ऐसा भी हो सकता है लेकिन तीसरी-चौथी बार में वह सँभल गए और दहाड़कर गालियाँ देते हुए मुनीश को दौड़ाने लगे। मुनीश के हाथ में जो आ रहा था, उनके ऊपर फेंक रहा था। पूरा गाँव उलटकर आ गया था।

हो-हो कह के लोग मुनीश को रोक रहे थे। पकड़ा-पकड़ी में मुनीश को जगह-जगह चोट लग गई थी।

किसी तरह इस अप्रत्याशित घटना का पटाक्षेप हुआ। आसपास के तीन गाँव तक बात फैल गई। साहेब ने बैग उठाया और घर छोड़कर चले गए। मुनीश को पट्टीदारी में किसी के यहाँ रोका गया। मुनीश में जैसे अनन्त ताकत आ गई थी, वैसे ही अनन्त थकन आ चुकी थी। शरीर का पोर-पोर टूट रहा था। लग रहा था कि पूरी उम्र अँधेरी कोठरी में काट दे। न किसी से मिलने का मन, न किसी की ओर देखने का मन। राधेश्वरी देवी का पूरा माथा फूला हुआ था। छह टाँके लगे तब जाकर खून रुका। उन्हें लग रहा था कि काश वह भी सीता की तरह प्रतापी होतीं और धरती फटती तो वह समा जातीं। वह भी कोठरी में बन्द पड़ी रहीं।

इन सबके बीच कोई और भी था, जो हर तरह की शर्म से बचना चाहता था। वह पिता के साथ हुए बर्ताव से बेहद ही खिन्न था।

उसकी शर्मिन्दगी का आलम यह था कि वह पिता के चरणों में गिरकर उन्हें घर वापस ले आया। पिता के गौरव से उसका जीवन था, माँ को उसने उतनी ही घृणा से देखा था, जितना पिता देखते थे। बस फर्क यही था कि उसने कभी कहा नहीं।

बारात आई। बारात गई।

गाँव में यह ऐसी घटना थी, जो अब तक किसी ने नहीं सोची थी। गहरे गुलाबी रंग की शर्ट पहने घूमता लड़का जिसने खुद को सपने में आईआईटी के लड़कों की तरह देखा था, वह टूटकर बिखर चुका था। उसके पास ऐसा कुछ नहीं था, जो गाँव के सामने दिखाता और उसने जो दिखाया था, उससे उसकी थू-थू हो रही थी। बड़े भाई ने उसे बुलाया और सबके सामने पिता के पैर पर गिरकर माफी माँगने के लिए कहा।

मुनीश का दिल-दिमाग शीशे के माफिक चूर-चूर था। वह क्या कर रहा है? क्यों कर रहा है? कुछ होश नहीं था।

उसने घूरकर भाई को देखा और थूक दिया।

शाम घिर चुकी थी। रोज बाती लेसनेवाली माँ अँधेरे कमरे में पड़ी थी। मुनीश उसी अँधेरे में माँ से मिलने गया।

"अम्माँ जात अही।"

राधेश्वरी देवी की आँखों से एक बूँद छलकी।

"जा भइया, आपन खियाल रखिह।"

घर छूट गया। गाँव छूट गया। फिर जब भी मिला, मिल न पाया।

इक्कीस

सबसे आसान है, वास्तविक घटनाओं का परा भौतिक कारण और परा भौतिक निवारण। यह सबसे सरल है। यह सबसे बड़ी चालाकी है।

पंडित विराट राजाशंकर भी विवाह-कार्यक्रम में आए थे। पुराने धार्मिक राजनीतिक आदमी हैं। हीरे के व्यापारी से विधायक बने नेता के राजनीतिक गुरु हैं। समाज में उनका बड़ा मान-सम्मान है। वे परिवार के दूर के नातेदार थे। सुबह स्नान के बाद तख्ते पर बैठकर तकरीबन एक घंटे पूजा से पहले तैयार होते थे। माथे पर त्रिपुंड और दोनों बाजुओं पर चन्दन और रोली की रेखाएँ खींच देते थे। पूजा के लिए फूल भी हर दिन अलग-अलग मँगवाते थे। सिले हुए वस्त्र पहने लोगों के हाथ से भोजन नहीं करते थे। उनका आना औरतों के लिए विपत्ति आने जैसा था। ऐसी युक्तियाँ बताते कि बड़े से बड़ा मलहा-मंत्रहा आगा-पीछा देखने लगता था। उनकी वकील साहेब के पिता पंडित दुबे से बहुत छनती थी। दोनों विविध प्रकार के विषयों पर चर्चा करते थे, जैसे दिशा-दोष, समाज में स्त्रियों का मन बढ़ना, ऊँच-नीच का ध्यान नहीं रखना आदि-आदि।

"इन लड़कों को देखिए पंडित जी, इनको यही नहीं पता कि गोड़वारी बैठना चाहिए कि मुड़वारी। ससुर ज्यादा पढ़-लिख गए हैं...मुड़वारी बैठते हैं।"

जाते हुए राजाशंकर ने घोषणा की कि "इस गाँव के आवासीय स्थान पर कोल्हू गड़ा है। जहाँ कोल्हू गड़ा रहता है, वहाँ विपत्ति दिन-रात वास करती है।"

कोल्हू का होना और दस-बारह साल पहले पूरी तरह से मिट्टी में दब जाना कोई छुपी बात नहीं थी। लेकिन जगजाहिर बात को बहुत ही ठोक करके कहना ही तो किसी चीज को खास बात में बदल देता है।

सेवादेई ने बताया कि पहले यहाँ बहुत बड़ा कोल्हू था, ठीक इमली के पेड़ के नीचे। मुनीश के साथ के ज्यादातर लड़के-लड़कियों को भीत के पास का कोल्हू याद है।

लोग बताते हैं कि "ई कोल्हू बनाने के लिए दौसा राजस्थान से कारीगर आए थे। इतना बड़ा कोल्हू कि किसी के मान का न था धकेलवाना। जब पुरानी बखरी गिरी तो उसी के पास भीत गिर गई। दूसरे जब लोगों ने अपना मकान बनवाना शुरू किया तो बखरी से मिट्टी काटकर ले गए और धीरे-धीरे कोल्हू अन्दर धँस गया।"

चलते हुए कोल्हू की स्मृतियाँ सभी बुजुर्गों के पास थीं।

लेकिन घर के दूसरे छोर पर पड़े कोल्हू की जैसी याद मुनीश के पास थी, शायद ऐसी किसी के पास हो। लोगों ने बखरी से थोड़ा दूर खिसककर अपने घर बनवाए थे।

तीन-चार साल का रहा होगा मुनीश, जब से वह कोल्हू से हिल-मिल गया था। घर के पीछे की एक ओर बड़ी-सी ओखली खड़ी रहती थी। पत्थर की विशालकाय ओखली, जिसको उठाना तो दूर कोई खिसका तक नहीं सकता था। उसके किनारे पत्थरों पर उकेरे हुए फूल-पत्ती थे। बैल और हाथी गोलाई से घूमते थे। मुनीश उस बैल और हाथी को ध्यान से देखता था। ऐसा लगता था कि सारे मिलकर कहीं जा रहे हैं, कई बार लगता था कि कहीं कोई उत्सव है और सब मिल किसी उत्सव की सज्जा में शामिल हैं। लेकिन ठीक बैल और हाथी के पास एक पेड़ खड़ा रहता था, जिसकी पत्थर की बनी उभरी पत्तियाँ पूरे चित्र में सबसे बड़ी लगती थीं।

वो पेड़ अलग तरह का था। उसके पत्ते अशोक के पत्ते की तरह थे लेकिन डाल केले के खम्भे की तरह लगती थी। अगला चित्र एक औरत और एक आदमी का था, जो सिर पर कुछ उठाए चले जा रहे हैं। लेकिन इस पूरे चलने में कोई थकन नहीं थी। बस एक उत्सव-सा लगता था, जिसमें शायद पेड़, हाथी, घोड़ा, बैल, आदमी और औरत सब गोल घेरा बनाकर नाच रहे हैं। उसके हाथों को पत्थर के हाथी-बैल और फूलों की छुवन भी याद है ।

उसे ये भी याद है कि कैसे वह छोटा था तो उसके बड़े-से छेद में पाँव डालकर बैठ जाता था। वहीं पर वो चिल्लाया था—"अम्माँ बिच्छी मारेस।"

पूरे गाँव में हल्ला मच गया था कि मुनीश को बिच्छू ने डंक मार दिया है।

उस दिन सेवादेई भागकर माचिस की तीली के ऊपर का हिस्सा उसके अँगूठे पर लगाने लगी थीं।

"अरे, अम्माँ रे...अरे, अम्माँ रे..." कह के मुनीश ने पूरा गाँव सिर पर उठा लिया था।

वहीं से कुदना अहिरिन जा रही थी। न मालूम उनका नाम कुदना किसने रखा था। बड़ी तेज चलती थी और पहली महिला थी, जो दूसरे गाँव जाकर दही-मट्ठा बेच आती थी। उसने फट एक गिलास मँगवाया और मट्ठा मुनीश को देते हुए बोली—"पी ल बेटवा। एक साँस में पी लइ जा।"

मुनीश ने घटर-घटर करके मट्ठा पी लिया। अब जादू हुआ कि टोना। दर्द छू-मन्तर हो गया। मुनीश को कोल्हू की यादें थीं। दुपहरिया में अकेले खेलने पर भी वो कोल्हू अकेले न होने देता था। ऐसे लगता कि वो उसके खेलने के लिए रोज कुछ-न-कुछ नया बना देता है।

गाँव में अभी तक दुरदुरिया माई का दाना खिलाकर औरतें तकलीफ दूर कर रहीं थी। इसी बीच किसी ने कहा कि चटापट माई की पूजा करने से दुख दारिद्र्य दूर होता है। सुहागन औरतें एक घेरे में इकट्ठा होकर एक बार

में जीभ से चाटकर गीला पेड़ा खाती थीं। लेकिन अब एक अलग ही कथा चल पड़ी थी। वह थी कोल्हू-कथा।

मुनीश को लगता कि जब खुदाई होगी तब एक कोल्हू भी मिलेगा। फिर बड़े लेखक उसकी इतिहास की किताब में कोल्हू का चित्र भी लगाएँगे। उसे इतिहास की किताब में छपे, खुदाई में मिली पत्थर की मूर्तियाँ, घोड़ा-हाथी, गहने सब कोल्हू का हिस्सा लगते थे। उसे लगता था कि कोई बड़ा कोल्हू टूटकर धरती में धँस गया होगा। फिर एक-एक करके अलग-अलग जगहों से वही मिलता है।

जब एक बार वह बचपन में शहर गया था, तो वहाँ शाही पुल के पार नदी किनारे घाट वाले हिस्से पर एक शेर की मूर्ति दिखी थी। शेर ने मटर-माला पहना था। चाची उसी के बगल में खड़ी होकर चादर मोलवा रही थी। चादर वाले ने गट्ठर शेर के पैर के पास रख दिया था। वह मूर्ति बड़ी मशहूर थी। सजा-सँवरा शेर देखकर मुनीश को अपने कोल्हू की याद आ गई। उसे लगा कि हो न हो, ये भी उसी उत्सव का हिस्सा रहा होगा। शहर से तैयार होकर गाँव के कोल्हू तक इसे आना था।

गाँव के बगल के टोले में भी कोल्हू था। लेकिन हिस्सा-बाँट के दौरान पत्थर को तुड़वा दिया गया था। तुड़वाने का छह सौ रुपया लगा, जिसको पाँच घरों ने मिलकर दिया, कोई ऐसी खबर दे रहा था, बगल के टोले से दुख-दारिद्र्य गया कि नहीं? इस पर कोई चर्चा नहीं करता था।

मुनीश ने जब पड़ोस के टोले में कोल्हू तोड़ते हुए देखा था तो उसे लगा कि किसी ने हाथी, घोड़ा, बैल, पेड़, चिड़िया और आदमी-औरत को एक घेरे में नाचने से रोक दिया है। सबको तोड़ के अकेले रहने के लिए फेंक दिया है। सबको बहुत चोट लग गई है। वो धरती पर कब तक रह पाएँगे? पता नहीं। हो सकता है कोई और चोट उनकी जान ले ले और वो गायब हो जाएँ।

वैसे पते की बात यह थी कि तुड़वाने-जुड़वाने में इन गाँवों में असली बात भीतर ही चलती थी, कोई कहता था, कोई नहीं कहता था।

अपनी पौराणिक प्रतिभा के लिए प्रसिद्ध पंडित दुबे ने बताया कि फलाँ जाति का मुँह देखने से काम नहीं होता है। अब घर के सामने तो कोल्हू था, भला यहाँ लोगों का काम कैसे होगा? गाँव में उत्तर का कुआँ पटवाकर तिरछा मुँह करके घर बनवानेवाले शिवशंकर के बाबू तो 'वैष्णव जन तो तेने कहिए' भी नहीं सुन पाते थे।

पूरा गाँव जानता है कि वो कैसे बोलते हैं। गांधी बाबा...।

"सार सबेरे-सबेरे एके मुँह देख लिए..." कह के एक जातिसूचक गाली देते थे।

बाईस

गाँव के अहिराने से दुबान में फोन आया था। शहर में बहुत साल से बस गए सुरेश दुबे ने खेत बेचने के लिए किसी से सम्पर्क किया था। कोई कह रहा था कि फलाने का लड़का बहुत बीमार है। ऊपर से कोरोना में उनकी नौकरी भी छूट गई है। सुरेश दुबे के पास कुछ ही ढिसमिल खेत था, लेकिन कुछ न हो तो ये भी बहुत है।

"फलाने भइया खेत बेच रहे हैं, अगर हमको बेचते तो ज्यादा ही देते।"

ये खबर सुरेश दुबे के घर पर बिजली की तरह गिरी। लोगों को अन्देशा भी नहीं था कि सुरेश गाँव के अहिराने के सम्पर्क में है। कुछ दिन पहले राजाराम यादव के द्वार पर चर्चा हुई थी, उन्होंने कहा था कि अगर कोई भी खेत बेचनेवाला होता है तो पहली चढ़ाई हमारे यहाँ से होती है।

चढ़ाई उन्होंने ऐसे कहा जैसे किसी युद्ध की तैयारी हो। वैसे इस चढ़ाई के लिए हर जर्जर गाँव में कुछ पोढ़ परिवार तैयार थे। गाँव के रसूखदार लोगों को हाइवे आने की खबर लग गई थी। इस खबर को सबसे पहले सूँघा था मानवेन्द्र तिवारी और राजाराम यादव ने, तब से दोनों ही खेत खरीदने की फिराक में लगे रहते थे। नहर के किनारे की जमीन या फिर धनखर जो भी बेच रहा हो, वो उन्हीं के पास आनी थी।

उधर गाँव के दूसरी तरफ कलेक्टर की अम्माँ फोन पर गाली दे रही थी—"हरामी है ये, इसके बाप ने कुछ नहीं बनाया और ये भी कुछ नहीं बनाएगा। पुरखों की जमीन है, वो भी बस जरा-सी ही जगह है लेकिन इसको पच नहीं रहा है।"

गाँव में कितने लोग थे, जिन्होंने कभी खेत की सुध नहीं ली थी। वैसे भी किसी के हिस्से खास जमीन नहीं थी। कुछ तो इतने साल से परदेस बस गए थे कि उनके परिजनों को लगा ही नहीं कि कभी वापस आएँगे।

फोन पर कान्फ्रेंसिंग पर कान्फ्रेसिंग चल रही थी। कलेक्टर के बड़े भाई दरोगा ने लेखपाल से बात करने का जिम्मा लिया। बात जमीन की नहीं थी। बात पूरे गाँव के सामने ये स्थापित करने की थी कि घर के हालात खराब नहीं है कि जमीन बेचनी पड़े। उनकी अम्माँ ने पूरे घर को सिर पर उठा लिया था। फोन पर रो रही थीं। जिस जमीन को उन्होंने कभी देखा नहीं था, जो शायद उन्हें साल-भर का धान भी न देती हो, उसके लिए वो जार-जार रो रही थीं।

गाँव में शहर से लोगों का आना-जाना बढ़ गया। पहली दफा बिन्ता प्रधान के यहाँ परिवार रजिस्टर पर दस्तखत करवानेवालों की भीड़ लगने लगी। उनके पति ने बाहर ही तख्ता लगवाया था। बीच-बीच में बिन्ता दस्तखत करने के लिए बुलवाई जाती थीं। गाँव में कई घरों के ताले खुल गए थे। जिन घरों में बरसों से झाड़ू-बुहारू नहीं हुई थी, वहाँ साफ-सफाई हो रही थी।

हर दिन कोई-न-कोई आ रहा था। कोई दिल्ली से तो कोई बम्बई से। दो साल पहले वैदिक की शादी में उसकी चाची नहीं आई थी, जबकि उनके घर में कुछ भी प्रयोजन हो, पूरा परिवार इकट्ठा हो जाता था। उसकी चाची वैसे भी दस साल पहले गाँव आई थीं। उनके यहाँ अभी भी औपचारिक बँटवारा नहीं हुआ है। जो भी आता जाता है, एक जगह खाना बनता है। खेत से जो कुछ मिलता था, उस पर वैदिक के परिवार का हिस्सा-हक होता था। लेकिन हाइवे का आना जैसे कि कोई आकाशवाणी हो गई हो। जिन रिश्तेदारों ने घर नहीं देखा था वो भी आ गए। वैदिक की चाची आई थीं। वैदिक की अम्माँ ने उनका दिल खोलकर स्वागत नहीं किया। वैदिक की चाची आते ही चार घर घूमकर मिल आईं। उनको पूरे माहौल का जायजा लेना था। उसके चाचा पहले ही लेखपाल से मिलने चले गए। जिस घर में लोगों के आते ही एक चूल्हे पर खाना बनता था, वहाँ अब अलग ही माहौल बन गया। एक आँगन में चार चूल्हे जलने लगे।

"का हो भाभी कैसी हैं?"

वैदिक की चाची ने निर्मला के यहाँ आँगन में आकर बोला। निर्मला ने पद में देवरानी लगती वैदिक की चाची को बिठाया। बातें निकलने लगीं।

"भाभी ये बताइए, क्या छोटकी बगिया भी हाइवे में आ रही है?"

निर्मला को पता है कि छोटकी बगिया के पास से हाइवे जाएगा। छोटकी बगिया नाम की ही छोटकी थी। उसमें सैकड़ों महुए और आम के पेड़ थे। निर्मला की शादी अपनी ही बहन के देवर से हुई थी। उनके भीतर छोटकी बगिया को लेकर बहुत मोह है। जब वो अपनी बहन के साथ गौने में आई थीं, तब उनका जी अपने घर वापस जाने के लिए बहुत हुलसता था। माता-पिता ने गौने में अपनी बड़ी लड़की के साथ उन्हें भेजा था क्योंकि बड़ी लड़की की उमर भी बहुत कम थी। दोनों बहनें मुँह-भिनसारे जब बहरे यानी शौच करने जाती थीं, तब उस बाग में पहुँचकर अपना घर याद करने लगती थीं। उनकी सास समझाती थी कि "बहूरिया इतना कचर-कचर काहे करती हो? कोई सुन लेगा तो कहेगा कि फलाने की पतोहू केतना बोलती है।"

लेकिन दोनों बहनें उस बाग में आते ही ऐसे खुल जाती थीं जैसे कि अपने मायके आ गई हों। इसी में एक महुआ के सोढ़ में उस बाग के देवता रहते थे। उस देवता से निर्मला को बड़ा मोह था। वह अपने सुख-दुख मन-ही-मन इन्हीं देवता से कहती थी। देवता भी किसी से नहीं कहते थे। न चढ़ावा, न फूल-माला। किसी से न कहते कि वो देवता हैं, निर्मला जैसे लोगों की मन की बात सुन लेते थे या अमृता जैसे लोगों को डगर पार करा देते थे। न दिखाई देते थे और न किसी पर जनाई देते थे। अपनी बहन के साथ गौने में आई निर्मला तीन महीना गाँव में रही थी। वहीं पर जब महुआ चूता था, तो वह उसकी सास के साथ महुआ बिनने आती थी। इसके बाद कोइया बटोरने का नम्बर आता। कोइया का तेल पेराया जाता था। निर्मला के मायके में कोइया का तेल इस्तेमाल नहीं होता था, इसीलिए उसको थोड़ा महकता था।

इसी बाग में निर्मला जब रो रही थी, तो सुरेश ने आम तोड़ के दिया था। वहीं से दोनों ने नेह का मीठा भी चख लिया था। माँ-बाप के लिए भी आसान था कि एक ही घर में दोनों लड़कियाँ रह लें।

निर्मला ने बताया—"हाँ उसके पास से भी हाइवे निकलेगा।"

"लेकिन ये बताइए बगिया का कागज पर किसके नाम है, जैसे किनारे के तीन आम के पेड़ तो हमारे ससुर के थे।"

"हाँ ऊ तो गनेश बाबू के थे। मुसाफिर सिंह ने संकल्पा था।"

आम का ये पेड़ संकल्प करके मिला था, इसलिए इसके पेड़ को संकलहवा कहते थे। मुसाफिर सिंह के लड़कों ने पता कर लिया था कि संकलहवे के पास से हाइवे पक्का निकलेगा।

अब बहुत जरूरी था कि वो रास्ता खाली करा लिया जाए।

छोटकी बगिया मूलतः ठाकुरों की थी। लेकिन उसके कई पेड़ ब्राह्मणों के थे। चकरोट के ठीक पास के आम के तीन पेड़ों का नाम ही संकलहवा था। उनके फलों का पूरा गाँव मुरीद था। आम ऐसे होते थे, जैसे गोल-गोल खरबूजा पक जाने पर भी हरा रहता था और उस पर हलकी-सी काली चित्ती पड़ जाती थी। काटते ही भीतर का गूदा ऐसे जैसे सवेरे का झक लाल सूरज और मिठास ऐसी कि चीनी फेल। लेकिन वैदिक की चाची को इससे मतलब नहीं था। वह तो यहाँ रहती भी नहीं थी। गाँव में तो शुरू से वैदिक की अइया यानी ताई रहती थी। उनके दो लड़कियाँ हुईं। 'लड़कियों को तो कोई हिस्सा बाँट मिलने से रहा' अब उनकी शादी हो गई है, यानी कुल मिलाकर सारे रुपये-पैसे का वारिस वैदिक ही है। वैदिक के पापा खेती-किसानी करते हैं और साथ में थोड़ा-बहुत पंडिताई करके घर चलाते हैं।

निर्मला ने कहा—"लेखपाल ही बताएँगे कि क्या करना है।"

इन दिनों लेखपाल के सुर्खाब के पंख लग गए थे। छोटे कद के लेखपाल तीन फोन रखते हैं। एकदम छोटा-सा साधारण मोबाइल तब इस्तेमाल करते हैं जब बड़े लोगों से बात करते हैं। दूसरा फोन, जिसमें दनादन व्हाट्स-एप चलता है। उसका नम्बर ज्यादातर के पास है,

वो ज्यादातर के लिए इस्तेमाल करते हैं। वैसे वो पुराने समय के आदमी हैं। राम-राम करना हो या कोई भी मैसेज हो, फूल पत्ती, रोली जौनपुरिया हो पिंकी छुहारा, सबको फारवर्ड करते हैं। इसके अलावा उनके पास तीसरा फोन भी है, जिसको बैग में रखते हैं जिस पर बतियाने के लिए सबके बीच से उठ जाते हैं और कोने में जाकर बतियाते हैं। तीनों फोन पर बात करते समय वाल्युम भी अलग-अलग होता है। पहले फोन पर तो ऐसे बतियाते हैं जैसे कि उनके जैसा सोझ-सीधा आदमी पूरे जिले में कोई नहीं है। सर...सर...मेडम...सर...मेडम। दूसरे फोन को तो ऐसे उठाते हैं जैसे अलगरजू हो। कोई हैलो हाय नहीं। शुरुआत ही ऐसे करते हैं।

"हूँ...के...हाँ...धरअ।"

इससे ज्यादा बोल दें तो वो फोन करनेवाले की तकदीर। तीसरे फोन पर तो कुछ और हो जाते हैं। फूल झर रहा हो जैसे बीच-बीच में। ऐसे झुक-से जाते हैं जैसे फोन करनेवाला उनका बॉडी लैंग्वेज भी देख रहा है। लोच इतना जैसे बाँस की कइन।

लेकिन किसी ने सुरेश से फोन पर बात करने की जरूरत नहीं समझी कि वो खेत क्यों बेचना चाहता है।

खेत बेचने के बारे में मुनीश को कभी खयाल भी नहीं आया था। पिता बहुत सारा हिस्सा पहले ही बेच चुके थे। दिल्ली में उनको हाइवे के बारे में भी नहीं पता चला। कभी-कभार अम्माँ को मुनीश फोन करते थे लेकिन अम्माँ न बोलती थीं और न सुनती थीं।

यह तो बड़ेलाल को पता चला था कि गाँव में हाइवे आ रहा है। बड़ेलाल के छोटे भाई का फोन आया था।

पूरे गाँव में नित नये लोगों का आना बढ़ गया था। कोई बाजार से पैदल आता तो कोई कार लेकर आता। गाँव की बहुएँ शहर की बहुओं को वीडियो कॉल करके अपडेट दे रही थीं।

रवि के पुत्र भी अपने माता-पिता के साथ आए थे। वे पूरे गाँव में घूम-घूमकर यू-ट्यूब पर वीडियो बना रहा थे।

"गाइज मैं अपने गाँव में हूँ। गाइज इसे देखिए, इसे कहते हैं चकवड़। इसकी फलियों की सब्जी बनती है। वैसे गाइज आई एम नाट श्योर...गाइज जान लीजिए यहाँ की नदियों में पानी नहीं, बारूद बहता है।...गाइज ये हमारे बाबा का नहाने का तालाब था..."

वो बाग से सटी गढ़ही दिखा रहा था। वैसे उस जगह पर पूरे गाँव के नाबदान का पानी जमा होता था।

"गाइज मैं जिस पर बैठा हूँ, उसे खटिया कहते हैं।"

उसको देखकर गाँव में कई लड़कों की माँ ठुनकी मार के कहती थीं देखो फोन देखता है लेकिन अपना सब दिखा के पैसा तो कमा रहा है। रवि का लड़का कितना कमा लेता है? ये किसी को नहीं पता था, लेकिन ये सबको पता था कि ऐसे दिखाने से पैसा मिलता है।

हाइवे के लिए जमीन का अधिग्रहण हो गया। किसी के अकाउंट में पाँच लाख तो किसी के अकाउंट में दस लाख आया। गाँव के कुछ ऐसे घर जिनके घर में चारा अभी भी गँड़ासे से काटा जाता था, उनके यहाँ भी लाखों रुपये आ गए।

ठकुराने में बीरेश ठाकुर के घर बीस लाख रुपया आया। पूरे ठाकुरों के गाँव में उनकी कोई कद्र नहीं थी।

ऊँटहरे थे बीरेश। जब मिसराने में पहला ईंट-भट्टा लगा, तो वहाँ ऊँट से ईंटों की ढुलाई करने लगे। ऊँटहरे ठाकुर की गाँव में कोई वकत नहीं थी। इसी ईंट-भट्टे पर जाते-जाते वहाँ काम करनेवाली राँची से आई एक मजदूरिन से उनको प्रेम हो गया।

ठकुराइन यानी झीनी देई पतली-पतली क्लिप लगाती थीं और साड़ी थोड़ी ऊँची बाँधती थीं। बीरेश ठाकुर ने बाकियों की तरह इस्तेमाल करके फेंक नहीं दिया, बल्कि उन्हें अपने घर की रोटी-पानी में साझेदार बनाया।

ये बात पूरे गाँव को बर्दाश्त नहीं हुई थी। लेकिन धीरे-धीरे झीनी देई के यहाँ न्यौता-हकारी होने लगा। झीनी देई गाँव के अड़ोस-पड़ोस में होनेवाली पूजा-परतिंगा में शामिल होने लगीं।

पहले वो नन्दा से चिट्ठी भी लिखवाने आती थीं। लिख दुलहिन—"भइया कहिया आओगे। तुम्हारी माई तुमको बहुत याद करती है।"

नन्दा की आँख भर आती थी। झीनी देई का बेटा पिंटू ठाकुर बम्बई कमाने गया था। वापस नहीं लौटा।

"दुलहिन हमारा लड़का तिनमुड़हा रहा। हमही गुस्सा के कहे थे कि मजदूरिन का लड़का हो, जाके के छँटक के कमाओ, कब तक तुम्हार बाप भट्टे पर ढुलाई करिहैं। दुलहिन मिसरानेवाला भट्टा कब के बन्द हो गया है, अब कोई न पाल सकता है ऊँट। टैक्टर का पैसा नहीं है, ऊ रामखेलावन यादव के भट्टे पर लगे हैं। उनके यहाँ पहले से मुनीम था। का बताएँ? तुमको सब पता है।"

नन्दा जब तक गाँव में थी, झीनी देई कभी-कभार आ जाती थीं। उसके पीछे एक कारण यह भी था कि इकलौती नन्दा ही थी, जो उन्हें बड़े की तरह इज्जत देकर पीढ़ा-पानी करती थी। उसके गाँव में पोस्ट ऑफिस था तो एक बहाना यह भी था कि चिट्ठी लिखवाने आ जाती थीं।

बाद में तो चिट्ठी-पत्री का भी बहाना नहीं रहा। बहरहाल बहुत साल बाद तिनमुड़वा पिंटू अपने दो बच्चों के साथ गाँव लौट आया, शहर में किसी फैक्ट्री में काम करता था, वहीं पर हाथ में ब्लेड लग गई थी, जिसके चलते उसका दायाँ हाथ काम नहीं करता था।

बीरेश ठाकुर को जो खेत मिला था, वो तकरीबन ऊसर था। उसके ऊपर नोंछा लगा था यानी सफेद रंग की परत चढ़ी थी। उसमें खेती होना सम्भव नहीं था लेकिन हाइवे में ये खेत आ गया, जिसका मुआवजा बीस लाख रुपया आया।

एक बार फिर से बीरेश ठाकुर का परिवार चर्चा में आ गया। अबकी बार कहानी अलग रूप में थी।

पंडित दुबे के यहाँ चालीस लाख रुपया आया था और महेन्द्र यादव और तिवारी के यहाँ कहते हैं पचासों लाख रुपया आया है।

हर किसी के यहाँ कितना रुपया आया? यही चर्चा थी। दसियों हजार पेड़ कट गए थे, उसके नाम रोनेवाला कोई नहीं था।

इन सबके बीच मुनीश के अकाउंट में छियानबे हजार रुपये आए थे। मुनीश को उन पैसों की सुध नहीं थी। वह अकाउंट भी बहुत पुराना था। दूसरे कभी इतने पैसे न हुए कि उसमें कुछ डालता तो समझो मरा हुआ अकाउंट था। न तो उससे जुड़ा कोई फोन नम्बर था कि कोई मैसेज आता। लेकिन गाँव घर में हर किसी को पता था कि किसके अकाउंट में कितना रुपया आया है? चारों तरफ इसी की चर्चा थी।

तेईस

'टू फास्टर योर आइडेंटिटी, यू हैव टू नरिश योर रूट्स।' मुझे समझ नहीं आया कि इस बात का क्या करूँ। मेरे रूट्स पर मेरा जोर नहीं है और उसके नरिशमेंट पर तो कतई नहीं है।

प्रोफेसर साहेब को नींद नहीं आ रही थी। सबसे सुखी वे लोग हैं, जिन्हें अपने पिछले जीवन की कुछ भी याद नहीं है। कितना अच्छा होता कि जीवन के कुछ हिस्सों की याददाश्त चली जाती। लेकिन ऐसा कहाँ होता है! लोकाचार हर बार सामने आता है। उन्हें बिलकुल नींद नहीं आ रही थी। बार-बार करवट बदल रहे थे। प्रोफेसर साहेब ने अपनी पत्नी से पूछा—"सुनो तुम्हारे पास कोई फोन आया था?"

पत्नी ने कहा—"न कोई तो नहीं। किसका पूछ रहे हो।"

"घर-गाँव से किसी का..."

"हाँ, आया था मुनीश का। कह रहे थे कि बीमार हूँ। ये रोज की बात है। तुम्हारे घर के लोग इस बात के अलावा किस बात के लिए फोन करते हैं।"

प्रोफेसर साहेब ने पलटकर कोई जवाब नहीं दिया। तभी एक और नम्बर से काल आने लगा। वो लैंडलाइन नम्बर था।

कुछ हिचकते हुए उन्होंने फोन उठाया—"यस, कौन बोल रहा है।"

"मैं जहाँगीरपुरी थाने से बोल रहा हूँ। पास के किसी काली मन्दिर के पास एक बॉडी पड़ी है। किसी आदमी ने फोन करके बताया है और आपका नम्बर दिया है। कहा है कि आप को जरूर बता दिया जाए। आप आकर देखो।...आप क्या करते हैं?"

प्रोफेसर साहेब ने बताया कि वो विश्वविद्यालय में पढ़ाते हैं। पुलिस वाले का बोलने का लहजा बदल गया।

"ये साहेब कौन हैं?...आपके गाँव का है?...कोई नहीं आप आओ। फोन वाले ने बोला था कि आपके किसी खास की बॉडी है।"

प्रोफेसर साहेब ने घड़ी देखी। भोर के तीन बजकर दस मिनट हुए थे। उन्होंने अपने एक छात्र को फोन किया कि घर आ जाओ, कहीं चलना है। उन्होंने गाड़ी निकाली और चालीस मिनट के भीतर ही जहाँगीरपुरी थाने पहुँच गए। सड़क पर बिलकुल भी ट्रैफिक नहीं था। पुलिस की गाड़ी के साथ आसपास के मन्दिर देखने लगे। पुलिस वालों के जिस नम्बर से कॉल आया था, उसको लगाया लेकिन वो स्विच ऑव आ रहा था।

बीस-पच्चीस मिनट ढूँढ़ने के बाद नाले के किनारे से सटे एक छोटे-से मन्दिर के पास की बाउंड्री पर कोई पड़ा हुआ दिखा। वहीं थोड़ी दूर पर पुलिस की गाड़ी खड़ी थी। उसी गाड़ी के पास प्रोफेसर साहेब ने अपनी कार भी रोक दी। सामने एक बॉडी पड़ी थी, उसके ऊपर एक गीली शाल थी, चेहरा ढका था। उनके रुकते ही पता नहीं कहाँ से दो-तीन लोग आ गए। उनमें और बॉडी में इतना ही अन्तर था कि वो पड़ी हुई थी और वो लोग चल-फिर रहे थे।

"साहेब नमस्कार। साहेब इसको चेक करवा दीजिए। क्या पता ठीक हो।"

"भइया आपका बड़ा इन्तजार कर रहे थे।"

प्रोफेसर दुबे किसी की ओर नहीं देख पा रहे थे।

उन्होंने शाल हटाई और सामने मुनीश को देखकर एकबारगी धक से रह गए। पिछले डेढ़ साल से उन्होंने ढंग से मुनीश की आवाज भी नहीं सुनी थी। उसके पहले कभी-कभी मुनीश उनसे फोन पर बात करता था।

उन्हें पता था कि ये मुनीश है लेकिन जब तक नजर से दूर था, तब तक एक अलग स्थिति थी। उन्होंने माथे पर हाथ रखा। पिछले दो तीन दिन से लगातार बारिश हो रही थी। दिल्ली में किसी भी शहर के मुकाबले ज्यादा ठंड पड़ रही थी। शरीर बिलकुल ठंडा था। लेकिन उस स्पर्श में न मालूम ऐसी कौन-सी हरारत थी कि शरीर के भीतर ठंडी पड़ती धमनियों में एक हरकत-सी हुई।

पुलिस वाले ने छूकर देखा नब्ज टटोली—"साहेब साँस चल रही है।"

प्रोफेसर साहेब ने कहा—"आसपास कोई अस्पताल या नशा मुक्ति सेंटर हो तो बताइए।"

पुलिसवाले ने एक जगह फोन किया। गाड़ी आई। उसने बॉडी को उठाया और कहा—"साथ चलिए, फार्मिलिटी करनी होगी।"

इस बीच पुलिस वाला बोले जा रहा था—"क्या करें साहेब! आजकल लड़के इतने बिगड़ गए है कि...। वैसे क्या लगता है आपका?"

"भाई लगता है।"

"कौन समझाए इनको! अरे, पढ़ो-लिखो, कमाओ-खाओ लेकिन...।"

एम्बुलेंस वाले ने चलने का इशारा किया। रात के अँधेरे में एक अस्पताल था, जिसके बोर्ड पर ही तमाम, तरह के क्लेम थे, उसमें नशा-मुक्ति भी एक था। दुबे जी फार्म भरने लगे, जिसमें तमाम तरह की सूचनाएँ माँगी गई थीं। उनके भीतर से फिर से कटी नाल का दर्द उभर आया। इधर नर्स ने कई तरह के तार चिपकाने शुरू कर दिए। मरीज के सारे वाइटलस् एकबारगी तेजी से ऊपर होने लगे। मशीनों में टीं-टीं की आवाज आई।

प्रोफेसर दुबे उसके नजदीक गए। उन्होंने मरीज के माथे पर हाथ रखा। मशीनों की आवाज शान्त हो गई। उसमें एक ऐसी खामोशी आ गई, जैसे वो किसी के ऊपर लगी ही न हो। नर्स पास में ही थी।

"ही इज नो मोर।"

प्रोफेसर दुबे भी समझ गए। वो बस मुनीश को देख रहे थे, पतला-दुबला मुनीश उसका पेट जैसे पीठ में धँस गया था। जैसे इस रात के अँधेरे में मुनीश भी नहीं चाहता हो कि किसी को भाई-भाई के इस रिश्ते की भनक लगे।

काउंटर पर खड़े आदमी ने जल्दी-जल्दी दूसरी फार्मिलिटी शुरू कर दी। प्रोफेसर दुबे ने पूछा कि आसपास कोई शवदाह की जगह है। अस्पताल ने एक नम्बर दिया, विद्यार्थी ने फोन लगाया तो पता लगा कि बॉडी ला सकते हैं। सात बज रहे थे।

प्रोफेसर साहेब ने काउंटर वाले की तरफ देखा। उसने पन्द्रह हजार का बिल पकड़ाया। कोई और मौका होता तो प्रो. दुबे उससे पूछते कि आखिर किया क्या है? लेकिन वो आज कोई बहस नहीं करना चाहते थे।

अस्पताल के ही स्टाफ ने बॉडी को एम्बुलेंस में रखवाया और पास के शवदाह गृह पर ले जाकर छोड़ा। इलेक्ट्रिक क्रिमेशन की मशीन खाली थी। वहाँ खड़े पंडित ने कुछ एक छोटी मोटी औपचारिकताएँ करवाईं। आठ बजने तक प्रोफेसर साहेब ने वो जगह छोड़ दी।

इस बीच घर पर उन्होंने अपनी पत्नी को बता दिया था कि क्या हुआ है। घर पहुँचने पर नहाए और चाय पी। गाँव खबर भिजवानी जरूरी थी। पत्नी ने सुमेश की पत्नी को फोन पर बता दिया कि मुनीश की दिल्ली में मौत हो गई है। गाँव से खबर फिर फोन के माध्यम से दिल्ली पहुँची। फोन पर चहकारी बढ़ गई। पत्नी समझदार थीं, उन्होंने दुनियादारी करने के लिए शोकसंवेदना लेने और उस पर प्रतिक्रिया देने का काम खुद ही सँभाल लिया।

प्रोफेसर दुबे दूसरे कमरे में जाकर लेट गए। उनके पेट से जुड़ी और बहुत पहले कट चुकी नाल टीस रही थी। दर्द के मारे आँख से पानी बह रहा था। कभी उँगलियों में कुछ घंटे छुए हुए मुनीश की ठंडक लगती तो कभी घबराहट में एक गर्म खून का रेला पूरे शरीर में बहने लग रहा था। बीच-बीच में पत्नी कुछ एक सूचनाएँ देती जा रही थी। उन्होंने सुना, पत्नी किसी से कह रही थी—"शुद्ध तक तो कुछ भी नहीं छौंकना है, खाना अलोन बनाना है।"

"...हाँ वही तो। तुम्हारे भाई साहेब को ऑफिस भी जाना है, कोई नहीं, कुछ फल रख दूँगी, आलू उबाल देती हूँ।"

आज प्रोफेसर साहेब की फिर आठ तीस (8.30) पर मीटिंग है। उन्होंने थोड़ा-सा आलू खाया और दो फाँक सेब के लिए। यूनिवर्सिटी में मीटिंग हुई। वह हमेशा की तरह शान्त और संयत बने रहे। मीटिंग के अजेंडे में प्रवासी भारतीय दिवस पर एक अन्तरराष्ट्रीय सेमिनार का भी आयोजन था।

शाम तक प्रोफेसर साहेब की पत्नी ने वी.सी. साहेब को मैसेज करके बता दिया कि हमारे गाँव में दुबे जी के भाई का निधन हो गया है। बीमार चल रहे थे, वहीं जाना है।

चौबीस

मुनीश को मरे तेरह दिन हो गए थे।

उसके मरने की सूचना और अकाउंट में पैसे कमोबेश साथ-साथ चले थे। अम्माँ एक कोने में निढाल पड़ी थीं। जीवन ने तो जबान कब के छीन ली थी। अब वो किसी से भी बोलती-चालती नहीं थीं। वह जिन्दा हैं या मुर्दा—उनके लिए दोनों स्थितियों में कोई खास फर्क नहीं था।

सुबह जब मेट्रो स्टेशन पर उस सम्भ्रान्त महिला को मैंने तीन बार सॉरी कहा लेकिन उसने मुझे स्टुपिड और गँवार कहा तो मैंने उसे जान-बूझ कर लात मार दिया। उसके बाद उसने फिर गाली दी और कहा आई एम कालिंग कॉप। मैंने कहा बाहर निकल के निपट ले। वह थोड़ा डर गई और मैं भी भीतर से थोड़ा डर गई थी। हम दोनों डर गए थे, इसलिए एक बार फिर एक दूसरे को गाली देते हुए बाहर निकल गए।

ऑफिस से काम करके लौट रही हूँ। मेरा शरीर और मेरी आत्मा दो हिस्से में बँट चुके हैं। मेरा शरीर किसी के बनाए देश में रहता है और मेरा मन, मेरा देस ढूँढ़ता है। मेरा तो शरीर भी दाईं और बाईं, शुद्ध और अशुद्ध में बँटा है। मेरा टूटा-सा मन अपने ही शरीर को पूरा ढूँढ़ता है। माँ तुमने मेरा नाम अमृता क्यों रखा! मैं तो काली मन्दिर के किनारे नाले पर पड़े हुए जीवन-जल को ढूँढ़ते हुए मर रही हूँ।

प्रोफेसर साहेब ने गरुड़पुराण का पाठ रखवाया था और लगे हाथ गया में पिंडदान का आयोजन ठान लिया। महामृत्युंजय का जाप चल रहा था।

ये स्मत्कुले तु पितरो लुप्तिपिंडोदकक्रिया
ये चाप्यकृतचूडास्तु ये च गर्भाद्रिनिस्सृता...

इसका भाव है कि हमारे कुल में जो पितर पिंडदान एवं जल-तर्पण क्रिया से वंचित रहे हैं...जो चूड़ाकर्म-संस्कारविहीन हैं, जो गर्भ से निकले हुए हैं (गर्भपात के कारण मृत्यु को प्राप्त हुए हैं...जिनका अन्तिम संस्कार नहीं हुआ है) वो सब मेरे द्वारा पिंडदान से तृप्त हों।

मंत्रोच्चार के बीच-बीच में यहाँ पर पाँच सौ एक रखिए, दाईं उँगली से चन्दन का स्पर्श करिए हो रहा था। बीच-बीच में स्त्रियों को सम्बोधित करके पंडित जी अर्थ भी बाँच रहे थे। वह स्त्रियों को सम्बोधित करके पाप-पुण्य का रहस्य बता रहे थे। विधवा, परित्यक्ता से लेकर दाईं और बाईं उँगली भी पाप-पुण्य में विभाजित है। यहाँ तक कि तिल, मस्सा पाँव की उँगली, होंठ-माथा सब कुछ पाप-पुण्य, शुभ-अशुभ में बँटा है।

इन सबके बीच पाप का मूल कोल्हू गड़ा था। उसको निकलवाने के लिए इक्यावन हजार का प्रबन्ध करना होगा। परिवार के ऊपर दोष लग गया है।

तेरहवीं के लिए तकरीबन छह गाँव न्यौता गया था। आसपास के गाँव के लोग आ रहे थे। रिश्तेदारी में व्हाट्स एप से न्यौता गया था। कुर्सी पर एक बड़ी-सी तसवीर रखी गई थी। रानी रंग की शर्ट और क्रीम कलर की पैंट पहने मुनीश की, ये उस दिन की तसवीर थी, जब उसके गाँव में शादी थी। उसके घुँघराले बाल और एक के ऊपर चढ़े दाँत की जोड़ी मुस्कुराहट से बाहर झलक रही थी। बैकग्राउंड में एक पुराने घर की भीत थी और बगल में सूरन के दो हरे खम्भे। सूरन कई सालों से खोदा नहीं गया था। वह इतना बड़ा हो गया था, जैसे केले के दो खम्भे खड़े हों। वही तसवीर बड़ी करके रखी गई थी। ऐसा लग रहा था कि मुनीश अभी तसवीर से बाहर निकल आएगा।

लोग आ-जा रहे थे। मजमा लगा हुआ था, यह एक बड़ा मौका था, जब पूरी रिश्तेदारी और गाँव-पवस्त को बताना था कि यहाँ सब कुछ ठीक-ठाक है। ग्राम-समाज के ऊँचे रसूख वाले लोग भी आ रहे थे। उनके लिए अलग व्यवस्था की गई थी। उनसे विशिष्ट तौर पर प्रोफेसर साहेब मिल रहे थे। आपसी चर्चा में यह भी आ रहा था कि अगले चुनाव में कौन खड़ा होगा। इलाके के दो बड़े नेता भी आए थे। चुनाव नजदीक था, उन्होंने बस प्रसाद ग्रहण किया।

तीन लोग आपस में खड़े बतिया रहे थे। आपस में खुसर-फुसुर कर रहे थे, जिसमें मुनीश के एक रिश्तेदार भी थे।

कोई बता रहा था कि 'सवा लाख खर्चा हुआ था इलाज में' तो कोई कह रहा था कि 'दोनों भाई में बोलचाल नहीं था'।

एक प्रोफेसर साहेब के हितैषी थे। वह नाराजगी में कह रहे थे—"ऐसा लग रहा था कि इन्तजार कर रहा हो ससुर कि पैसा खर्चा कराके ही मरूँगा।"

नन्दा भी अमृता के साथ गाँव आई थी। नन्दा के अकाउंट में एक लाख आए थे।

बगल में एक और टोला था। जहाँ सन्नाटा पसरा था। वहाँ पर किसी के पास कोई किस्सा नहीं था। वहाँ से हाइवे को जोड़ने के लिए कोई सड़क नहीं निकली। जो सड़क निकली थी, वो उनके पेट के ऊपर से गई थी। पेट के ऊपर से जाने पर लेखपाल को कोई फर्क नहीं पड़ता था। सरकारी रिकार्ड में उस पेट का कोई जिक्र नहीं था।

उस पूरे गाँव में एक या दो लोगों की हालत नौकरी से बदल गई थी लेकिन ज्यादातर की जिन्दगी अधिया पर काम करके चल रही थी। रहठा-संठा से लेकर उपली, सरपत और अनाज कुछ नहीं बचा।

उस टोले में एकाध परिवार बैंक में लग गया था। जिन घरों में कोई बैंक में या शिक्षा-विभाग में लगा, वहाँ भी ताला लगा था। लेकिन ज्यादातर घरों में मुर्दनी छाई थी। अधिया पर गुजारा करते ये लोग कल क्या करेंगे?

कुछ पता नहीं था। जो खेत हाइवे में गए थे, उनमें से ज्यादातर इन्हीं लोगों की मेहनत से आबाद थे।

बीस साल पहले बोरा निरंकारी हो गए थे। सफेद धोती और कुर्ता पहनते थे। गाँव में किसी भी ऊँची जाति वाले के यहाँ जमीन पर नहीं बैठते थे। सवर्णों की कुछ औरतों ने बोरा को गुरू साहेब कहना शुरू कर दिया था। बोरा तो बाद में रिक्शा चलाने लगे थे लेकिन उनके बेटों ने वापस अधिया पर खेती शुरू कर दी थी। अधिया पर खेती, घाटे का सौदा नहीं थी, रोजी-रोटी चल जाती थी। ऊपर से जिनके खेत थे, वो शहरों में रहते थे तो रहठा, संठा से लेकर कच्ची मटर, उड़द सब थोड़ा-बहुत मिल जाता था।

शहर में रहनेवाला परिवार साल ढेढ़-साल में एक बार आता था तो अपने बटाईदार से ज्यादा टुन्न-भुन्न भी नहीं कर पाता था क्योंकि इतने दिन उनका अनाज लदवा के कायदे से रखवाने का काम ये परिवार करता था। बात भरोसे की थी, उसमें थोड़ा-बहुत तो चलता था।

उससे ज्यादा तो उनका, उनके अपने ही जाति-बन्धुओं से झगड़ा होता था, जो कभी दुआर तो कभी मोहार छेकने के लिए कुछ न किए बैठे रहते थे।

इस पूरे टोले में सन्नाटा भायँ-भायँ कर रहा था।

गाँव में चारों तरफ अलग ही किस्म की चहल-पहल थी। कहीं खुशी तो कहीं रोना। शाम के वक्त गाँव के एक कोने से आवाज आ रही थी। कोई शराब पीकर अपनी माँ को गाली दे रहा था—"साली माधर...इसके... साली ने मेरे पैसे में हिस्सा लगवाया। साली तुमको छोड़ूँगा नहीं।"

पचीस

पिछले तीन दिन से कोल्हू के लिए खुदाई हो रही थी। दूसरी तरफ लाउडस्पीकर पर मंत्रोच्चार चल रहा था। गाँव का पेट खंगाला जा रहा था। उसके नीचे कितने गड़ही, कितने तारा, कितने इनारा दबे थे। खुदाई के दौरान किसी ने खबर उड़ाई कि एक बड़ा ही मोटा काला साँप निकला है, तो किसी ने बताया कि खुदाई से टन-टन की आवाज आ रही है। खुदाई गाँव के पेट की हो रही थी, उसके पेट में तो बहुत कुछ हजम हो चुका था। एक बड़ा-सा पत्थर, जिसमें औरत-मर्द नाच रहे थे। एक पेड़, कुछ चिड़िया, कुछ ओखल, मूसल...खुदाई होते-होते तीन दिन बीत गए, तब जाकर वो कोल्हू मिला।

निर्दोष मिट्टी के पेट में सोए, निर्दोष कोल्हू को किसी से कोई बैर नहीं था। उसे तो पता भी नहीं था कि वह कुछ है भी, वह तो बस उसे गढ़नेवाले उस गरीब-कलाकार का सपना भर है, जिसने दूर-देस से आकर उसे गढ़ा था। उसके ऊपर टनाटन गहदाला पड़ने लगा। कोल्हू के अन्दर मिट्टी भर गई थी, इसलिए उसे तोड़ना आसान नहीं था।

गाँव के नौजवानों को जोश आया। शहर से आया लड़का कह रहा था—"गाइज ये हमारे यहाँ की सबसे डरावनी चीज है, गाइज इसको आज मिलकर खतम किया जाएगा।"

कोल्हू पत्थर का था। न उसके पास नींद थी न सपना। उसके ऊपर नाचती-गाती दुनिया भी आदमी की थी। वह अन्ततः दो-तीन टुकड़ों में टूट गया। उसके आदमी से औरत, उसके पेड़ से चिड़िया और चिड़िया से धान की दो बालियाँ, सब कुछ एक दूसरे से तितर-बितर हो गए।

लोगों ने देखा कि नहीं देखा लेकिन वहीं पर विशालकाय इमली का पेड़ भी दबा पड़ा था। वह अपने खट्टे घने पत्तों की छाँव में कोल्हू को लिए रहता था। इमली के पेड़ के सहोदर बहुत पहले ही कटवा दिए गए थे। उसे इस पत्थर पर नाचते-गाते आदमी-औरत और चिड़िया बहुत अच्छे लगते थे। उसके पेड़ के नीचे कभी-कभी कोई गर्भवती स्त्री या कोई लड़का या कोई लड़की या बच्चों का झुंड आ जाता था और वो पट-पट अपनी दो-चार कच्ची-पक्की इमली गिरा देता था। दूर खड़ा कैथा, सफेद गेंद जैसे फलों को लेकर आसमान में लटका रहता था। वहाँ तक तो बच्चों की सिर्फ निगाह पड़ती थी। हाथ जाने का सवाल ही नहीं था। कभी-कभी पत्थर पर उड़ती चिड़िया कैथे के पेड़ तक चली जाती थी और ठोड़ मारकर गमकते कैथे को जमीन पर गिरा देती थी, जैसे उसे वो चिढ़ाती हो कि देखो कौन ताकतवर है। एक दिन कैथा कटा, फिर एक दिन इमली और फिर एक दिन अमरख। फिर एक दिन खट्टे से प्यार खतम हो गया। आज इमली की याद का पेड़ भी चरमरा कर गिर गया।

गाँव के बीचों-बीच बने घर के द्वार पर श्लोक पर श्लोक चल रहे थे। दाईं उँगली और बाईं उँगली। शुद्ध-अशुद्ध। कौन-सी दिशा शुद्ध, कौन-सी दिशा अशुद्ध, कौन-सा पेड़ शुद्ध, कौन-सा पेड़ अशुद्ध, कौन-सा आदमी शुद्ध, कौन-सा आदमी अशुद्ध। ऐसा लग रहा था कि पूरी धरती का निर्माण बस दो तत्वों से हुआ है—शुद्ध और अशुद्ध।

जो अशुद्ध और शुद्ध के बीच है, वह पाप है। उसे नष्ट हो जाना चाहिए। चारों तरफ एक भगदड़ मची है। श्लोक पर श्लोक, उतार-चढ़ाव, हस्तमुद्रा, चेष्टा—सब तरफ से एक ही संकेत शीघ्रातिशीघ्र अपने घेरे में खड़े हो जाओ।

हाइवे बन चुका था। गाँव से बाजार जाने का रास्ता बन्द हो गया था। बाजार जाने में अब पूरे तीन किलोमीटर बढ़ चुके थे। हाइवे आम रास्ते से बहुत ऊँचा हो गया। वहाँ से गाँव के लोगों को गाड़ियों के पहिए दिखाई देते थे।

सड़क के किनारे एक खाईं जैसी बन गई थी। हिदायतों का एक बोर्ड लग गया था कि हाइवे पर किसी भी अन्य वाहन का आना मना है या फलाँ-फलाँ करने पर सजा का प्रावधान है।

गाँव का किनारा पाताल-लोक की सीढ़ी जैसा हो गया था। बत्तीस किलोमीटर की दूरी में ही पाँच हजार से ज्यादा पेड़ कट गए थे। महुए का वह पेड़ भी जहाँ साँप और महुआ आपस में बातें करते थे।

गाँव से निकलकर कुछ लोग तो हाइवे की ऊँचाई पर पहुँच गए लेकिन ज्यादातर लोगों ने महसूस किया कि गाँव की धरती तेजी से धँस रही है। नन्दा और अमृता वापस शहर लौट गए थे। उनके साथ बहुत सारे लोग लौट गए।

जो बच गए थे, वे छूट गए थे। जो शहर चले गए थे, वे भी छूट गए थे।

पाताल की खाईं तेजी से बढ़ रही थी और मलबे के पहाड़ से नीला जहरीला धुआँ फैल रहा था। पीट-पीटकर गायब कर दिए गए लड़के की माँ के साथ ढेरों लोग अपने-अपने गुमशुदा लोगों की याद के सहारे दिन काट रहे थे।